D1993073

Röschen Taschenbuch

Röschen-Verlag

Danneckerstraße 20, D-60594 Frankfurt/Main
Internet: www.roeschen-verlag.de
e-Mail: frankdemant59@yahoo.de

Umschlagillustration: Shirin Franzmann
Karikaturen: Reiner Jechimer
Lektorat: Stefanie Reimann
Satz: SLG Peter Ripper · peter.ripper@t-online.de
Druck: Prisma-Druck, Saarbrücken
1. Auflage

Kunstraub im Städel

Achte Sachsenhäuser Kriminalepisode
von Frank Demant

Der Autor

Frank Demant, geboren 1959 in Frankfurt/Main, aufgewachsen im Stadtteil Fechenheim. Besuchte das Helmholtz-Gymnasium in Bornheim. Von 1984 bis 2005 Taxifahrer in Frankfurt. Seit Mai 2005 ist Demant freier Schriftsteller und schreibt außer Bücher gelegentlich Reportagen für das Frankfurter Fußballmagazin Zico. Spielte in der Jugend Fußball bei Eintracht Frankfurt, seit 1984 bis heute beim TSV Taras (TG Sachsenhausen).

Sonntag, 13. Juni

Nomen est omen. Das trifft nicht immer zu, denn Friedrich Sieger war ein geborener Verlierer. Während seine Mutter Wilhelmine den Tod im Kindbett bevorzugte, ergriff sein Vater Klaus die Flucht, als er den 6-Kilo-Fettsack von der Hebamme das erste Mal in die Hand gedrückt bekam. Bis zu seinem Ableben schürfte sein Erzeuger daraufhin in Alaska nach Gold, mied die Zivilisation und verstand bis zuletzt nicht, wie aus zwei schlanken sportiven Elternteilen etwas dergestalt Unförmiges wie Friedrich entstehen konnte. Um sein Gewissen nicht unnötig zu belasten, ging er sicherheitshalber von einer tragischen Verwechslung im Kreißsaal aus.

Den begüterten Pflegeeltern muss man zugutehalten, dass sie wirklich sehr bemüht waren. Aber was will man machen mit einem Kind, das bereits in der Krabbelstube zum Trottel vom Dienst mutierte, von Gleichaltrigen wie ein Außerirdischer begafft wurde und obendrein ständig nässte, sabberte und furzte? Dank bester Beziehungen seines Pflegevaters konnte später die drohende Sonderschule noch gerade eben verhindert werden.

In der Hauptschule im Frankfurter Westen erlebte Friedrich die glücklichsten Jahre seines Lebens. Zwar wurde er auch hier weiterhin gehänselt und verprügelt, doch fand er in Dominik Schuster einen Leidensgenossen, der sogar seine eigene Unansehnlichkeit noch in den Schatten stellte.

Die Zweckgemeinschaft Sieger/Schuster existierte auf den Tag genau zwanzig Jahre. Sie fand ein jähes Ende, als seinen Kumpel Dominik ein Hitzschlag im Stadionbad ereilte. Dabei hatte er sich, besoffen wie er war, doch extra in den Schatten gelegt. Doch Schatten wandern und überlassen das Feld gerne der prallen Sonne; das ist meist nur eine Frage der Zeit. Der eintreffende Notarzt brauchte die Arbeit erst gar nicht aufzunehmen. Er zuckte leicht mit der Schulter. Mehr nicht.

Das war vor etwa zwei Jahren gewesen. Seitdem war Fritz, wie er von Dominik zu dessen Lebzeiten liebevoll gerufen wurde, wie sein leiblicher Vater quasi verstummt. Selten sprach er mehr als zehn komplette Sätze die Woche. Seine Kollegen von der Müllabfuhr ließen ihn meistens in Ruhe, waren doch auch sie in der Regel mehr oder weniger gescheiterte Existenzen. Nur an extrem warmen Tagen, wenn sein 250-Pfund-Leib sich nach einem schattigen Plätzchen sehnte, bekam er derbe und mitunter auch bösartige Sprüche jenseits der akzeptablen Geschmacksgrenze zu hören. Doch dafür hatte Fritz sogar Verständnis, immerhin mussten die Kollegen einen Teil seiner Arbeit übernehmen, wollten sie halbwegs pünktlich den Feierabend einläuten. Als Ausgleich übernahm Fritz dann die Getränkekosten – gerade in den Sommermonaten ein nicht unbeträchtlicher Posten.

Sein einziges Hobby waren Horrorfilme. Fritz Sieger befand sich gerade auf dem Rückweg von seiner Videothek in der Sachsenhäuser Walter-Kolb-Straße. Auf dem Beifahrersitz lagen fünf Filme, darunter auch das legendäre Kettensägenmassaker, sein absoluter Lieblingsfilm. Annähernd hundert Mal hatte er ihn sich bereits angeschaut, doch immer wieder entdeckte er neue interessante Details. Seine Vorfreude auf einen heimeligen Kinonachmittag zu Hause bei heruntergelassenen Rollläden und einem Dutzend Kerzenlichtern war immens. Fast so gewaltig wie die Hitzewelle, die Deutschland derzeit im Griff hatte und die Forstbeamten dazu veranlasste, akute Waldbrandgefahr auszurufen.

Unaufhaltsam näherte sich Fritz seinem Verderben. Fast die Hälfte des Museumsufers hatte er hinter sich. Linker Hand lag das Städel. Die Ampel stand auf Grün. Trotzdem musste er anhalten, weil einer Radlerin der Picknickkorb vom Gepäckträger gerutscht war und allerlei Gegenstände auf dem Asphalt verstreut lagen. Wegen der laufenden Fußball-WM und weil Sonntag war, befanden sich kaum Leute auf der Straße.

Als sie alles wieder aufgeklaubt hatte, bedankte sie sich bei ihm für die erwiesene Geduld mit einem Handzeichen. Fritz Sieger fuhr los. Gerade war er dabei, in den zweiten Gang zu schalten, als es passierte. Eine Detonation, die kilometerweit zu hören war, riss das Heck seines achtzehn Jahre alten Ford in Stücke. Der Rest hob etwa einen halben Meter vom Boden ab und knallte entgegen seiner ursprünglichen Fahrtrichtung wieder auf die Straße – ein Mordsspektakel.

Wie ein Wunder blieb Fritz Sieger noch eine Minute bei Besinnung. Was er sah, hätte selbst gestandenen Mördern die letzten Nerven geraubt. Durch die Staubwolke erblickte er einen Krater mit einem Durchmesser von sechs Metern. Steine, Asphaltbrocken und Metall, das von uralten unterirdischen Rohren stammte, prasselte unaufhörlich und mit großer Wucht auf seinen Wagen. Die Windschutzscheibe schützte vor gar nichts mehr, denn sie lag halb zersplittert auf der Motorhaube. Dem Krokodil, das als Talisman am Rückspiegel baumelte, war das Lächeln gründlich vergangen.

Außerdem hätte Fritz besser daran getan, nicht mit offenem Schiebedach zu fahren. So aber hatte ein Teil der ehemaligen Fliegerbombe aus dem Zweiten Weltkrieg ungestörten Zugang zu ihm. Dieses wog zwar nur etwas über drei Kilo, hatte aber aus sieben Metern Höhe reichlich Anlauf genommen. Es traf ihn seitlich am Kopf, ehe es mit seinen scharfen Kanten in der rechten Schulter stecken blieb.

Fritz Sieger verstand nicht. Wie sollte er auch? Wer hätte das schon?

Eine ganze Weile noch, in der er Staub einatmete, röchelte

und hustete, als läge er in den letzten Zügen, betrachtete er das Ding ‚Made in USA'. Dann erst fiel er in eine gnädige Ohnmacht, aus der er erst zwei Wochen später erwachen sollte.

Bis dahin wurde er von Spezialisten intravenös am Leben gehalten. Ob das jetzt gut war oder nicht, sei mal dahingestellt. Jedenfalls war er fortan kein Müllmann mehr.

Das Pflegepersonal in seinem neuen Heim im Taunus war bestens geschult und schon durch ganz andere Stahlbäder gegangen. Unter all den Napoleons, durchgeknallten Königinnen und anderen Stars der Weltgeschichte fiel Fritz, dessen Wortschatz auf ‚Bumm-Bumm' zusammengeschrumpft war, kaum auf.

–

Zurück zum Ort des Geschehens.

Die Radfahrerin hatte Glück im Unglück gehabt. Zum Zeitpunkt, als das Spektakel losging, befand sie sich gerade hinter einem in der Holbeinstraße geparkten Lieferwagen eines ortsansässigen Blumenhändlers holländischer Provenienz, der in Sachsenhausen dafür bekannt war, seine Azubis zu schikanieren, wo es nur ging. Nichtsdestotrotz wurde auch sie von der Druckwelle erwischt und ihr Picknickkorb glitt ein weiteres Mal vom Gepäckträger. Doch diesmal hatte der Vorgang Folgen und die zwei Flaschen Ebbelwoi, die sie als Geburtstagsgeschenk eigens in einer Gaststätte hatte abfüllen lassen, gingen zu Bruch und die köstliche goldfarbene Flüssigkeit suchte sich ihren Weg in den nächsten Gully. Welch sinnlose Verschwendung Sachsenhäuser Göttertropfen. Snüff!

Wenige Sekunden nachdem der letzte Gesteinsbrocken vom Himmel gefallen war, kroch sie unter dem Wagen hervor, warf einen Blick auf das Desaster, erfasste es als solches und wählte die Notrufnummer.

Noch ehe die ersten Einsatzwagen eintrafen, hatte ein beherzter und sehr muskulöser Automobilist den einzigen Verletzten, Fritz Sieger, bereits aus dem Wrack gezerrt und in stabile Seitenlage gebracht.

–

Auf dem Holbeinsteg, benannt nach Hans Holbein dem Älteren und Hans Holbein dem Jüngeren, der in Höhe des Städel den Main überquerte, hatte sich schon nach wenigen Minuten viel Volk versammelt. Doch nur die Wenigsten trauten sich nahe genug heran, zu sehr sprengte das sich ihnen bietende Gesamtbild die Grenzen ihres Verstandes. Den Betagteren unter ihnen drängten sich Vergleiche aus ihrer Kindheit auf, als Frankfurt in Schutt und Asche bombardiert worden war.

Das Volk wurde jedoch alsbald vertrieben. Die ersten eintreffenden Polizeibeamten vermuteten nämlich eine Gasexplosion hinter all dem Chaos und dass weitere folgen könnten. Im Umkreis von fünfhundert Metern wurden sämtliche Straßen gesperrt und die Anwohner evakuiert. Eintreffenden Journalisten und Kamerateams wurde der Zugang zum Unglücksort strikt verweigert.

Die Fritz Sieger versorgenden Sanitäter identifizierten das in seiner Schulter steckende Bombenteil als mögliches Bombenteil und so kam es, dass auch der Kampfmittelräumdienst des Landes Hessen drei Stunden nach der Explosion seine Arbeit aufnahm.

All das geschah nur knapp zwei Wochen, nachdem in Göttingen drei Menschen bei der Explosion einer Fliegerbombe ums Leben gekommen waren. Unter dem Eindruck der niedersächsischen Katastrophe ging man in Frankfurt sehr, sehr vorsichtig zu Werke. Ein Roboter wurde per Fernsteuerung an den Kraterrand gefahren. Die Auswertung der Fotos dauerte zwei Tage. Erst am Dienstagabend wagten sich die ersten Männer mit Schutzhelm und Sicherheitswesten an das Loch heran.

Zwei weitere Tage gingen ins Land, dann erst wurde der Tunnel entdeckt. Die ganze Zeit über war das Kunstmuseum sowohl für Besucher als auch für die Angestellten gesperrt gewesen.

Erst langsam wurden Sinn und Zweck des entdeckten Tunnels ruchbar. Diebe hatten ihn gegraben und drei Gemälde aus dem Städel entwendet. Sofort wurden die Grabungen rund um den Krater intensiviert, aber Leichen fand man keine. Die Gemälde übrigens auch nicht. Das lag daran, dass die Bombe mit einem Säurezünder versehen und zeitverzögert explodiert war. Längst waren die Meisterdiebe über alle Berge.

–

Herr Schweitzer hatte Stein und Bein geschworen, diesen Sommer unter gar keinen Umständen einen wie auch immer gearteten Auftrag anzunehmen. Müßiggang und Faulenzen hatte er zum Motto des Sommers erkoren. Zusammen mit seiner Freundin Maria lungerte er im Atriumgarten ihres Bungalows in Badehose unter einem Sonnenschirm auf dem Sachsenhäuser Lerchesberg herum. Pepsi, die schwarzweiße Hauskatze, lag auf dem Rücken und alle viere von sich gestreckt unter seiner Liege. Herrn Schweitzers Haltung signalisierte ähnliche Arbeitsbereitschaft. Zwei Gläser Lumumba standen halb ausgetrunken auf einem Beistelltisch. Das Eis darin war längst geschmolzen. Eine Gewitterfront hatte sich angekündigt, aber erst für den Abend. Das Thermometer zeigte unangenehme 37 Grad. Die hohe Luftfeuchtigkeit machte einem das Atmen schwer.

Als sein Handy klingelte, ging er nicht ran. Nachdem der Anrufer seine Nachricht auf Band gesprochen hatte, schaltete Herr Schweitzer es aus. Nichts konnte momentan so wichtig sein, als dass man sofort die Mailbox hätte abhören müssen. Abermals tauchte er sein Handtuch in den roten Wassereimer und bedeckte damit seinen Bauch. Das Einzige, was zählte, war profanes Überleben.

Träge hob er seinen Kopf, blickte zu Maria und konstatierte das gleichmäßige Heben und Senken ihres Brustkorbs. Kurz darauf schnarchte er.

Nach dieser anstrengenden Tätigkeit duschte Herr Schweitzer kalt und ausgiebig. Die Reaktivierung seiner Lebensgeister brauchte seine Zeit.

Weil das Taxi vorgestern eines der wenigen Exemplare gewesen war, das keine Klimaanlage besaß, machte er es diesmal besser. Explizit wies er die Zentrale darauf hin, dass er einen Wagen ohne dieses Extra umgehend wieder fortschicken würde.

–

Die Gewitterfront hatte Frankfurt gnädig links liegen gelassen. Herrn Schweitzers sonst so aufnahmefähiger Magen gab sich bescheiden und verlangte lediglich nach einer Kleinigkeit: Handkäs mit Musik. Der Apfelwein wurde mit reichlich Mineralwasser verdünnt. Maria gab sich noch vernünftiger und trank Apfelsaftschorle. Wegen der Sommerferien war das Eichkatzerl in der Dreieichstraße nur spärlich besucht. Gut die Hälfte der Tische und Bänke im Garten blieben leer.

Man babbelte noch ein wenig mit dem kauzigen Kellner Buddha Semmler und dem Wirt Helmut über dies und jenes, ehe die beiden sich wieder zu Marias Heim begaben.

Oben angekommen baute sich Herr Schweitzer noch einen

Joint der Marke beste deutsche Hecke. An sein Handy dachte er überhaupt nicht mehr. Es blieb ausgeschaltet. Auf seiner Mailbox waren inzwischen zwei weitere Anrufe eines gewissen Marlon Smid eingegangen. Er bat um dringenden Rückruf.

Als die deutsche Hecke ihre volle Wirkung entfaltet hatte, die Glieder bleischwer waren und die Augen fast von alleine zufielen, gingen sie ins Bett.

–

Stressfrei wurde auch der nächste Tag angegangen. Maria, eine nicht unbedeutende Bildhauerin, hatte in absehbarer Zeit keinerlei wichtigen Termine wahrzunehmen. Herr Schweitzer sowieso nicht. Der Frühstückstisch war reichlich gedeckt, die Rollläden so weit heruntergelassen, dass es gerade noch hell genug war, um sich zu orientieren.

Herr Schweitzer ignorierte sein Handy auch weiterhin. Er hasste diese neumodischen Dinger, wie er sich auszudrücken pflegte, auch wenn sie so neu nicht mehr waren. In Deutschland gab es inzwischen mehr Handys als Einwohner.

Erst als alle interessanten Zeitungsartikel verschlungen und er sich zu einem Nickerchen auf die Couch begab, aktivierte er es kurzzeitig. Die Benachrichtigungen registrierte er, befand aber, dass sie schon nicht wegrennen würden. Alles zu seiner Zeit. Nun mussten erst einmal die Augenlider geschont werden. Er schaltete es wieder aus.

Dann aber!

Herr Schweitzer war wieder wach und hatte seine Mailbox angerufen. Vielleicht war ja doch was Wichtiges drauf und einer seiner Kumpels lud ihn zum Geburtstag ein. Oder zu irgendetwas anderem, mit dem sich die Zeit angenehm vertreiben ließ. Anfangs war sein Wahrnehmungsvermögen noch getrübt, als er aber den Namen Marlon Smid vernahm, waren all seine Sinne wie elektrisiert. Marlon Smid – der große Marlon Smid! Ein Name wie Donnerhall in der europäischen Detektivszene. Ein Anruf Fidel Castros, er, Herr Schweitzer, möge doch bitte die in Deutschland bitter notwendige Revolution endlich mal in die Wege leiten, hätte ihn weniger überrascht. Marlon Smid – was wurde über den nicht schon alles geschrieben. Mythen und Legenden rankten sich um diese schillernde Figur. Und dieser Meister höchstselbst äußerte nun die Bitte – ja, er glaubte sogar ein Flehen im Timbre erkannt zu haben –, der kleine, unbedeutende, nichtsnutzige Simon Schweitzer möge zurückrufen.

Seine Gedanken überschlugen sich. Was wollte er? Das Währungssystem vor dem Kollaps retten? Einen Anschlag auf die Bundeskanzlerin vereiteln? Das wäre so in etwa die Kragenweite von Marlon Smid.

Hektisch suchte er nach einem Kuli. Zwei Mal musste er sich die Nachricht anhören, dann hatte er die Nummer auf dem Zeitungsrand notiert.

„Maria! Maria! Maria! Weißt du, wer mich angerufen hat?"

„Nö."

„Marlon Smid. Der! ... Marlon! ... Smid!"

„Spielt der bei der Eintracht?"

„Mensch, kapierst du nicht? Marlon Smid, der Detektiv aller Detektive. Hat sein Büro drüben an der Hauptwache. Riesengroße rote Leuchtletter. Hast du bestimmt schon gesehen."

„Nö. Sagt mir nichts."

„Aber, Maria ..." Herr Schweitzer brach ab. Er versuchte es anders: „Damals, muss so Mitte der Achtziger gewesen sein. Stand in allen Zeitungen. Marlon Smid ist mit einem selbst gebastelten Heißluftballon aus der Tschechoslowakei geflohen.

Spektakulär, sensationell ... die Aktion, damals. Ein Held. Wäre fast im Ostteil von Berlin gelandet. Ein Orkan fegte gerade über die Gegend. War denkbar knapp, das Ganze. Hat sich bei der Landung ein Bein gebrochen."

„Jetzt übertreib mal nicht. Du hast's doch sonst auch nicht so mit Helden."

„Ja, aber ... Maria."

„Miau." Es war Pepsi, die um seine Beine strich.

Herr Schweitzer schaute nach unten, nahm das Kätzchen in die Arme und kraulte es im Nacken. „Ach, das hast du bestimmt nur vergessen. Ist ja schon so lange her."

„Bestimmt." Maria gab ihm einen Kuss auf die Wange. „Was magst du heute Abend essen? Wollen wir mal wieder grillen? Ich geh gleich einkaufen."

Damit war das Thema für Maria durch.

Pah, dachte Herr Schweitzer, der erzähl ich noch mal was. Soll sie doch weiter ignorant durchs Leben laufen. „Ja, Grillen ist prima."

Mit dem Anruf wartete er, bis seine Liebste aus dem Haus war.

Marlon Smid meldete sich sofort. Geradenwegs so, als säße er auf heißen Kohlen. Herr Schweitzer hörte Fahrgeräusche. Er vermutete den Meisterdetektiv in einem knallroten Ferrari. Oder zumindest in einem Porsche, darunter machte er es bestimmt nicht. Seine Stimme klang nach teuren Zigarren und einem edlen schottischen Highland-Whiskey. Für die Flasche hätte ich früher sicher zwei Wochen arbeiten müssen, tippte er.

Und es war in der Tat kein Versehen. Marlon Smid wollte ihn umgehend sehen, die Zeit sei knapp.

Natürlich, dachte Herr Schweitzer, Smids Terminkalender ist wahrscheinlich so proppenvoll wie die Checkliste der

NASA bei anstehenden Weltraummissionen. Die Verabredung wurde auf den späten Abend terminiert. Marlon Smid nannte ihm eine Adresse in der Innenstadt. Old Shanghai's harbour – eine Bar sei das.

–

Die Hähnchenbrust und das Rumpsteak mit Kräuterbutter waren vertilgt. Die Grillkohle sandte noch ein paar einsame letzte Rauchwölkchen gen Himmel, während sich Herr Schweitzer wohlig im Stuhl räkelte und über seinen Bauch strich.

Maria: „Besser, du schläfst heute bei dir unten. Du weißt ja, morgen kommen die Handwerker zu mir."

„Ach, das hast du mir gar nicht erzählt."

„Doch, hab ich. Es ist wegen der Installation der Außendusche."

Stimmt, das hatte sie, dachte Herr Schweitzer. „Oh, morgen ist das schon." Er fand das natürlich eine prima Idee. Es war ein weiterer Schritt ins Paradies. So brauchte er nicht immer ins Haus zu laufen, um sich zu erfrischen. Gerade bei den herrschenden Temperaturen eine nicht zu verachtende Erleichterung. Er schaute auf die Uhr. „Ich mach mich mal so langsam fertig. Die Pflicht ruft."

Eine viertel Stunde später war für Maria das Grauen mal wieder fassbar. Ein Modeunfall in Person von Simon Schweitzer präsentierte sich ihr. Es war nicht das erste Mal. Es geschah fast immer dann, wenn ihr Liebster meinte, sich besonders schick herausputzen zu müssen. Die braunen Lederschuhe zur schwarzen Stoffhose wären unter harten Bedingungen vielleicht noch zu verkraften gewesen. Sein Lieblingshemd in Quietschrosa hätte man auch tragen können – zur Loveparade oder zum Karneval. Eventuell auch als gravierendes Mahnbeispiel zur Erziehung der Kleinen. *So! Und jetzt passt auf, Kinder! Wenn euch ein Mann mit einem solchen Hemd zum Eis einlädt, dann schreit ganz laut und rennt so schnell ihr könnt zu einem Ort, wo sich noch andere Menschen aufhalten.*

Maria hatte Erfahrung mit solcherlei Situationen. Im didaktischen Tonfall: „Du gehst jetzt wieder rein und ziehst dir die schwarzen Halbschuhe und ein weißes Hemd an. So gehst du mir nicht aus dem Haus!"

Herr Schweitzer schaute erstaunt an sich herunter. Er kapierte nicht ganz. Die Schuhe waren doch sauber und das Hemd gebügelt. Er hielt sich in seiner Aufmachung für einen Knüller. „Aber warum denn?"

„Geh einfach und mach, was ich dir sage."

„Aber das Hemd ist doch hübsch. Außerdem ist es besonders leicht, da schwitz ich nicht so schnell. Es ist doch heiß."

„Wird's bald?"

Ein Blick in Marias Augen genügte. Darin stand klipp und klar zu lesen, dass sie sich mächtig für ihn schämte und, sollte er ihrem Befehl – ja, das war es unmissverständlich – nicht gehorchen, ihre Tür die nächsten Wochen für ihn versperrt sein würde. Herr Schweitzer kuschte.

–

Old Shanghai's harbour lag gut versteckt in der Weißadlergasse in der Innenstadt. Nur ein kleines Messingschild in der Größe einer Zigarettenschachtel zeugte vom Vorhandensein. Herrn Schweitzer war klar, man wollte unter sich sein und das einfache Volk musste draußen bleiben. Unsicher überprüfte er ein letztes Mal die Bügelfalten seiner Hose, dann drückte er gegen die schwere, auf Hochglanz polierte Holztür. Sie ließ sich nicht öffnen. Logo, die haben bestimmt einen Türsteher, dachte er und klingelte.

Sein Blick war geradeaus gerichtet, als geöffnet wurde. Sein Blick erreichte die Krawattennadel der imposantesten Tötungsmaschine, die ihm je begegnet war. Die Stimme hingegen klang irgendwie doch menschlich: „Ja bitte, der Herr?"

Bis auf ein wenig Stottern hatte sich Herr Schweitzer schnell wieder gefangen: „Guten Abend. Simon Schweitzer. Ich ... ich bin mit Marlon Smid verabredet."

„Wenn Sie mir bitte folgen möchten ..." Eine devote Verbeugung forderte ihn zum Eintreten auf. Hinter ihnen wurde die Tür von einem zweiten Angestellten wieder geschlossen und mit einem großen Riegel gesichert.

Ein Brokatvorhang in der Königsfarbe Purpur teilte sich. Die Garderobenfrau erhob sich blitzschnell von ihrem Stuhl. Ein Kreuzworträtselheft verschwand unter der Theke. Auch wenn ihre Kleidung schlicht und einfach aussah, so war sie doch sündhaft teuer. In der Wand eingelassene Leuchter illuminierten die Stuckdecke und tauchten den Raum in ein gedämpftes Licht.

Offensichtlich war Herr Schweitzer der Erste, der hier ohne Jackett erschien. Die Dame war irritiert und ihr Blick signalisierte Unverständnis. Trotzdem blieb sie in fast militärischer Stellung stehen, bis die nächste Tür geöffnet wurde.

Das Erste, was Herr Schweitzer dann wahrnahm, war der Pianist auf einem kleinen Podest, der gerade irgendetwas von Frank Sinatra klimperte. Hinter einer weißen Marmorsäule tauchte eine Sängerin mit einem kleinen Mikrophon auf. Sie schien aus einem Modemagazin entsprungen. Ihre Stimme war rein und glasklar.

Wie in Trance folgte er dem Angestellten zum Chambre séparée, das mit einem samtenen schwarzen Vorhang vom Saal getrennt war. Ein mit Eis gefüllter Sektkübel stand auf dem Tisch. Zwei etwas leichter bekleidete Damen flankierten mit übereinandergeschlagenen Beinen in verdammt kurzen Röcken einen Herren, der lässig an einer Zigarre zog.

„Herr Smid, Besuch für Sie. Ein gewisser Herr Schweitzer." Die Tötungsmaschine zog sich dezent zurück und überließ ihn seinem Schicksal.

„Aah, der Herr Kollege", begrüßte ihn Marlon Smid. „Mädels ...", er klatschte in die Hände, „... wenn Ihr mich kurz ...", es folgte eine wedelnde Handbewegung, „... entschuldigen würdet ..."

Die Mädels waren gut erzogen. Sie stellten ihre Gläser auf den Tisch und zogen von dannen. Herr Schweitzer war sehr bemüht, seinen Blick von den üppigen Kurven fernzuhalten. Trickreich heftete er dabei seinen Blick auf den Sektkübel.

Der Meisterdetektiv erhob sich und reichte ihm die Hand. „Freut mich, dich endlich mal kennen zu lernen. Hab schon viel von dir gehört. Hock dich hin."

Der derart Geschmeichelte nahm im Sessel gegenüber Platz. Natürlich fragte sich Herr Schweitzer, ob das eben ernst gemeint oder nur eine der üblichen Höflichkeitsfloskeln war. Schließlich beschränkte sich sein Wirkungsgebiet als Detektiv mehr oder weniger auf Sachsenhausen. Und das war ja nicht die Welt, auch wenn viele Sachsenhäuser das anders sahen. Obendrein waren die Fälle, die er bisher gelöst hatte, bei Weitem weniger spektakulär als die Erfolge, mit denen sich Marlon Smid schmücken und brüsten konnte.

„Champagner?", fragte der Meister, schloss aber eine Widerrede von vornherein aus, indem er ein Glas füllte und es Herrn Schweitzer reichte.

„Danke, gerne." Er mochte keinen Champagner. Aber was tut man nicht alles für ein gutes Betriebsklima.

Marlon Smid faltete die Hände, lächelte und betrachtete Herrn Schweitzer.

Dieser wiederum hatte sich schon besser gefühlt. Alles um ihn herum war ihm fremd. Klar, in Filmen hatte er solch ein Ambiente schon gesehen, aber nie gedacht, dass er mal mittendrin sein würde. Es war eine andere Welt. Mondän. Ziemlich protzig. Ganz anders als die Apfelweinkneipen, in denen er sich zu bewegen wusste. Manchmal, wenn er seine Maria zu irgendwelchen Vernissagen begleitete, was selten vorkam, fühlte er sich ähnlich, auch wenn das Old Shanghai's harbour mit einer Galerie nicht zu vergleichen war. Gestelzt, aufgesetzt – ja, das wären die Worte gewesen, die zu dieser Umgebung passten. Herr Schweitzer beschloss, einfach dazusitzen und abzuwarten.

Nach einer endlosen Minute quälenden Schweigens begann Marlon Smid: „Du fragst dich sicher, warum ich dich hergebeten habe."

„Na ja."

„Ich erzähl einfach mal der Reihe nach."

Oh, dachte Herr Schweitzer, das hätte zumindest was Chronologisches.

Marlon Smid stieß gekonnt ein paar Rauchkringel aus, nippte noch einmal an seinem Glas, dann fuhr er fort: „Also, vor einem Monat, du erinnerst dich an den Kunstraub im Städel ..."

Das war an sich keine Frage, denn es stand ja groß und breit in allen Gazetten. Herr Schweitzer nickte.

„Ich ... mein Team, wir sind natürlich im Bilde, was die polizeilichen Ermittlungen betrifft. Der neue Status quo ist weiterhin der alte. Die Gemälde sind weg. Keine heiße Spur. Und die Versicherung, wie soll ich sagen?"

Herr Schweitzer meinte, nun auch mal etwas zur Unterhaltung beitragen zu müssen: „Die sind nicht so begeistert davon, die Versicherungssumme auszubezahlen?"

Marlon Smids Zeigefinger schnellte vor und deutete auf Herrn Schweitzers Brust. „Bingo!“

„Die Versicherung ist an dich herangetreten?!“

„Bingo!“

„Die Belohnung dürfte ziemlich hoch sein?!“

„Bingo!“

Herr Schweitzer versuchte, sich an den in den Zeitungen beschriebenen Wert der Beute zu erinnern. „Ich schätze mal: Zweihunderttausend für die Wiederbeschaffung.“

„Nix Bingo! Das Doppelte.“

„Ein hübsches Sümmchen.“

„Seh ich ähnlich. Das angle ich mir. Das Leben ist teuer.“ Demonstrativ zog er an der Zigarre und ergänzte: „Eine Havanna, aber keine von den billigen.“

Bis dato wusste Herr Schweitzer nicht, dass Havannas auch billig sein konnten. Na ja, hängt wohl vom Geldbeutel ab, dachte er. Aber was hab ich damit zu tun? Okay, das Städel ist in Sachsenhausen, ich komme aus Sachsenhausen. Doch die Kleinkriminellen aus diesem Stadtteil werden wohl kaum in der Lage sein, einen derartigen Coup zu landen. Seiner Einschätzung nach roch das Ganze nach einer international operierenden Bande mit weitreichenden und exzellenten Verbindungen. Und vor allem, wie sollte seine Rolle in diesem Fall aussehen? Er rückte ein wenig nach vorne und flüsterte konspirativ: „Ist ja alles schön und gut, ich sehe aber nicht ganz, wie und wann ich dabei ins Spiel komme.“

„Pass auf!“ Auch Smid beugte sich näher heran, trank das Glas auf einen Zug leer, leckte sich die Lippen und sprach: „Du musst dir das so vorstellen: Bei einer Detektei in der Größenordnung von meiner arbeitet der Chef nicht mehr selbst. Er delegiert. Er telefoniert. Er hat die Verbindungen, ohne die in diesem Geschäft nix läuft. Bei ihm laufen alle

Fäden zusammen und er agiert und reagiert. Und je besser und schneller er das tut, desto erfolgreicher der Laden. Kapiert?"

„Logo. Ist ja wie bei einem großen Konzern", bestätigte Herr Schweitzer.

Es folgte das unvermeidliche: „Bingo!"

Pause von zehn Sekunden, in denen Marlon Smid seine Gedanken ordnete.

Dann fuhr er fort: „Und, das kennst du ja selbst, in einem Fall gibt es immer mehrere Spuren. Manche sind vielversprechend, manche weniger. Und jetzt verrate ich dir ein Betriebsgeheimnis, aber nicht gleich in die Welt hinausposaunen, okay?"

Der immens beeindruckte Hobbydetektiv aus Dribbdebach: „Logo, ist doch Berufsethos."

„Auf jede Spur – und wenn ich sage jede, dann meine ich auch jede – einen Mitarbeiter ansetzen. Kapiert?"

„Logo." Herr Schweitzer merkte vor lauter Ehrfurcht gar nicht, dass er sich wiederholte.

„Gut. Sehr gut. Ich merke schon, dass ich mich in dir nicht getäuscht habe. Stimmt also, was man so über dich redet."

Daraufhin geriet Herr Schweitzer in außerordentliche Erregung: „Was redet man denn so über mich?"

„Nur das Beste."

Er war zu Tränen gerührt. „Echt?"

„Klar. Auch wenn deine Fälle eher ... wie soll ich sagen ..."

„Nicht ganz so bedeutend ...", half Herr Schweitzer aus.

„Bingo! Nicht ganz so bedeutend ... Aber zurück zum Kunstraub. Eine klitzekleine Spur führt ins ehemalige Jugoslawien. Ist im Prinzip keine richtige Spur. Da sind meine besten Mitarbeiter dran. Es gäbe da aber noch was in Frankfurt. Ist fast Sachsenhausen. Du kennst doch den Campingplatz am Niederräder Ufer?"

„Logo."

„Das ist doch so dein Wirkungsgebiet: Dribbdebach, oder hab ich mich da etwa verhört?“

„Nee, nee. Niederrad ist ja fast Sachsenhausen.“

„Sag ich doch.“

„Ja, ja.“

„Pass auf, ist schon alles vorbereitet. Du müsstest dort aber vorübergehend in einem ausrangierten Bauwagen wohnen. Und dich unauffällig bewegen, stets die Ohren offenhalten. Immer horche, immer gucke, wie man hier zu sagen pflegt. Das soll doch dein Spezialgebiet sein, was man so hört.“

Herr Schweitzer fühlte sich gerade pudelwohl, er war in seinem Element: „Darin bin ich quasi unschlagbar.“

Marlon Smid klatschte in die Hände. „Na prima. 200 Mäuse am Tag plus Spesen. Und falls es wirklich die entscheidende Spur ist, noch mal 5.000 drauf. Cash, was sagste dazu?“

„Wann kann ich anfangen?“ Seine Augen leuchteten wie der Koh-i-Noor-Diamant im intensivsten Abendrot, endlich spielte er im Konzert der Großen mit. Vergessen war sein Vorsatz, diesen Sommer mit Nichtstun zu verbringen.

„Aber ...“, begann Marlon Smid.

„Was aber?“ Herr Schweitzer sah schon seine Felle davonschwimmen.

„Nur so. Mach ich immer, hat sich bewährt. Du lässt dir mit der Antwort einen Tag Zeit. Wenn du dann immer noch Lust hast, weiß ich, dass du es wirklich ernst meinst. Das ist wichtig bei externen Mitarbeitern – die Motivation muss stimmen. Ansonsten kann man's gleich vergessen.“

„Logo, seh ich genauso.“

Nun wechselte Marlon Smid dermaßen abrupt das Thema, dass es Herrn Schweitzer förmlich überrumpelte. „Ich hab gehört, du bist hin und wieder einem kleinen Joint nicht abgeneigt, stimmt doch, oder?“

Herr Schweitzer dachte, nachdem er sich wieder gefangen hatte, dass der Meisterdetektiv ihm gleich stecken werde, Marihuana sei bei der Detektiverei aber sehr kontraproduktiv und er müsse während der Dauer der Aufklärung davon Abstand nehmen. Er suchte sich schon die Worte zusammen, mit denen er erläutern wollte, dass er auch mal eine Zeitlang ohne auskommen könne, da hatte Marlon Smid bereits Zigarettenpapier, losen Tabak und ein dunkelbraunes Klümpchen auf den Tisch gelegt.

Der Meisterdetektiv: „Was du hier siehst, ist ..."

Übertrieben lässig, der Herr Schweitzer: „Ich weiß, das ..."

„Falsch, du weißt nicht."

„Nein?"

„Nein! Du glaubst nur zu wissen. Das kann ein gewaltiger Unterschied sein, verstehst du?"

„Nicht so ganz, um ehrlich zu sein."

Marlon Smid grinste wie ein Honigkuchenpferd. „Das, was du hier erblickst, kostet 50 Euro das Gramm."

Das war enorm viel. Herr Schweitzer zahlte momentan einen Zehner für astreine Qualität. „So teuer?" Und er wollte auch ein bisschen auf die Pauke hauen: „Das krieg ich aber billiger."

„Das hier nicht. Garantiert nicht. Das ist nämlich noch zusätzlich in reinem Haschöl gebadet."

Wow, dachte der Dribbdebächer Detektiv, aber der Marlon kann doch nicht einfach ... hier in der Bar ... das riecht man doch bis ... „Du willst doch nicht hier drinnen?"

„Natürlich. Doch. Was glaubst du, was hier sonst noch so alles abläuft?"

Das wollte Herr Schweitzer gar nicht wissen. Mit Haschöl geträufeltes Dope reichte ihm völlig.

„Der Schuppen hier ist exklusiv. Die Mitgliedschaft allein kostet mich einen Tausender im Monat. Und die Getränke, auch ganz schön gepfeffert ... Dafür ist Diskretion sozusagen das oberste Gebot."

„Verstehe."

„Gut." Mit geschickten und flinken Fingern vollendete Marlon Smid sein Tun, betrachtete das Resultat wie ein Maler sein soeben fertig gestelltes Gemälde und zündete es mit einem goldenen Feuerzeug, in dem seine Initialen eingraviert waren, an. Genüsslich inhalierte er und stieß mit gespitzten Lippen zwei Ringe aus Rauch in die Luft.

Ein noch mehr beeindruckter Herr Schweitzer fragte sich, was der Meister eigentlich nicht drauf hatte. Hätte dieser fünf Mal Rauch ausgestoßen, würden jetzt wahrscheinlich die Olympischen Ringe über ihren Köpfen schweben.

„Hier."

Herr Schweitzer nahm den Joint entgegen, vergewisserte sich, dass sein Gegenüber nicht umgekippt war – er hatte keinerlei Erfahrung mit in Haschöl gebadetem Dope –, und zog ganz vorsichtig am Joint. Als er merkte, dass er nicht im Hals kratzte und keinen Hustenreiz verursachte, inhalierte er ganz tief, ehe er ihn zurückreichte.

Als wäre ein Stichwort gefallen, erschienen wieder die zwei Hühner von vorhin. „Huhu, Marlon. Geschäftsbesprechung fertig?", fragte die Blonde. Die andere war brünett und trug die Haare kurz.

Und während Marlon Smid ihm den Joint hinhielt, fragte er: „Lust?"

Herr Schweitzer dachte, die Frage nach Lust zielte auf das Zigarettchen. Also nahm er es und sagte: „Logo."

„Na, dann kommt mal rein, ihr zwei Hübschen."

Kichernd und debil grinsend, wie man es vermuten durfte, staksten sie auf hohen Absätzen herein und ließen sich links und rechts auf den Lehnen von Smids Sessel nieder.

Nun wurde ihm gewahr, dass er einen Fehler gemacht hatte. Seit jeher fand Herr Schweitzer solchen Zeitvertreib enervierend. Außerdem war er seiner Maria treu und die Damen viel zu jung. Womöglich würde er sich auch strafbar machen, er war ja kein Mitglied der katholischen Kirche, wo Pädophilie und Sadismus à la Bischof Mixa die Zeit zwischen den Gebeten sinnlich auflockerte. (Dieser Spruch kam im Radio: „... mit dieser Aussage wird sich Bischof Mixa an seiner eigenen Latte messen lassen müssen.“) Aber so lange sie sich um Marlon kümmerten, war er außer Gefahr. Höflich erhob er sich und gab den Joint der Blonden. Als er wieder saß, fühlte er Entspannung. Herr Schweitzer kam sich vor wie in einem Meer von Schlagsahne. Komisch war nur, dass er nicht unterging. Alles um ihn herum war reinste Harmonie. In Haschöl gebadetes Dope: der absolute Hammer. Wo sollte das enden?

Nach und nach wurden die Farben immer prächtiger, das belanglose Geschwätz der leichten Damen immer belangloser und Herrn Schweitzers Hang zu Visionen immer vordergründiger. Als der Joint aufgeraucht war, standen die Wände schon nicht mehr still und er sah sich bereits als rechte Hand des Meisterdetektivs, der ihn bei allen künftig auftauchenden Problemen konsultierte. Konsultieren musste, weil ohne Herrn Schweitzer der Laden den Bach runtergehen würde.

Bedrohlich wurde es, als Marlon der Brünetten einen Klaps auf den Po gab, ihr etwas ins Ohr flüsterte, sie dann mit kessen Augen den Tisch umrundete und auf Herrn Schweitzer zusteuerte. Das Meer von Schlagsahne war nun nicht mehr ganz so bildlich – er befand sich in Seenot. Seine Alarmglocken schrillten. Bevor die Brünette auch nur daran dachte, sich nonchalant auf seiner Lehne niederzulassen, war er aus dem Sessel geschnellt, was gar nicht so einfach war, und stotterte die Worte: „Meine Freundin ... Ich muss jetzt gehen. Ich ruf dich morgen an."

Marlon Smid war von der plötzlichen Wendung dermaßen überrascht, dass es ihm die Sprache verschlagen hatte. All seine Erfahrungen mit *geschäftlichen* Besprechungen waren plötzlich Makulatur. Irritiert erhob auch er sich, kramte in seiner Hemdtasche nach dem in Silberpapier eingewickelten Klümpchen, gab es dem wunderlichen Kollegen, um ihm doch noch etwas Gutes zu tun, und streckte die Hand zum Abschied aus. „Na dann, okay, wenn du meinst. Ich dachte ..."

Herr Schweitzer schüttelte die dargebotene Hand. „Schon gut. Ist nicht so mein Ding. Und logo, bis morgen. Tschüss."

Der samtene schwarze Vorhang schloss sich hinter ihm.

Die Brünette sah an sich herunter, um zu überprüfen, ob ihr jemand unmerklich eine der beiden wohlgeformten Brüste – ihr Handwerkszeug und Geschäftskapital – amputiert hatte. Als sie sich davon überzeugt hatte, dass das nicht der Fall war, sagte sie: „Was hat er denn? Gefall ich ihm nicht?"

Herr Schweitzer fand den Ausgang nicht auf Anhieb. Erst öffnete er die Tür zur Küche, dann die zur Besenkammer.

Auf dem Gang zur Toilette wurde er von der Kampfmaschine aufgegriffen. „Wenn Sie mir bitte folgen ... Soll ich Ihnen ein Taxi bestellen?"

„Wie? Ach so. Nein danke." Seine Bewegungen ähnelten denen eines Matrosen nach langer Fahrt beim ersten Landgang.

Der Türsteher ließ sich nichts anmerken. Darauf war er trainiert. Am Eingang sagte er: „Auf Wiedersehen, der Herr. Kommen Sie gut nach Hause."

Die frische Luft trug nicht wirklich zur Besserung seines Zustands bei. Die vielen Menschen, die trotz der späten Stunde noch immer unterwegs waren, verwirrten Herrn Schweitzer. Am liebsten hätte er sich auf die nächstbeste Bank gelegt und sich der bunten Bilderwelt vor seinem inneren Auge hingegeben. Seine gute Erziehung verhinderte dies jedoch und irgendeine Stimme, von der er nicht wusste, woher sie kam, die aber verdammt nach Vernunft klang, flüsterte: „Bett, Bett, Bett."

Nach einigen Sekunden der Desorientierung fixierte er den flüchtigen Gedanken nach dem nächsten Taxistand. Weil sich alles drehte, ging er möglichst nah an den Hauswänden, um sich im Notfall abstützen zu können. Immerhin wusste er jetzt, dass man in Haschöl gebadetes Dope kleiner portionieren oder nicht so gierig daran ziehen sollte.

Nach mehreren Stunden, so kam es ihm vor, saß er endlich in einer Droschke. Die Frankfurter Innenstadt zog an ihm vorüber und kam ihm wie neu gestaltet vor. Die vielen farbenfrohen Lichter fügten sich zu einem Gesamtkunstwerk, das nur ein genialer Künstler mit ganz viel Fantasie geschaffen haben konnte.

Am Zielort fingerte er lange nach seiner Geldbörse.

So lange, bis der Taxifahrer seine Geduld verlor: „Ich hab nicht ewig Zeit."

„Schulischung." Herr Schweitzer verzichtete dann auch auf die fünf Euro Wechselgeld. Obendrein hatte er die Bitte Marias vergessen, wegen der Handwerker in seiner eigenen Wohnung zu nächtigen.

Im Gegensatz zur City lag der Lerchesberg einsam und verlassen. Eine fast über seine Füße flitzende Maus jagte ihm einen außerordentlichen Schrecken ein. Wie ein Wunder hatte er keine Probleme mit dem Schlüsselloch. Dafür aber mit den Schnürsenkeln. Er kippte an die Wand im Flur und öffnete sie im Sitzen.

„Au weia." Es war die Stimme seiner Freundin, die von den seltsamen mitternächtlichen Geräuschen in ihrem Bungalow wach geworden war.

„Nix au weia. Mir gehtsch gut."

Pepsi, die Hauskatze, beobachtete das ungewohnte Treiben aus sicherer Entfernung. Ihre verschlafenen Augen blinzelten.

Gemeinsam schafften sie es.

„Oh", war das Letzte, was Herr Schweitzer an diesem ereignisreichen Tag von sich gab.

Maria zog ihm noch die Hose aus und deckte ihn zu.

–

„Oh", war auch das Erste, was gen Mittag beim Erwachen von seinen Lippen kam. Nicht dass er wie beim Genuss von zu viel Alkohol einen dicken Schädel hatte. Das nicht, aber seine alten Knochen waren so schwer, als hätte man sie mit Stahl ausgegossen. Erschwerend zur brütenden Hitze kam noch der Lärm eines voll aufgedrehten Radios.

Nachdem er einige Minuten die Decke angestarrt und seinen Gliedmaßen durch sanfte Dehnbewegungen im Liegen wieder ein Mindestmaß von Geschmeidigkeit eingehaucht hatte, schwang Herr Schweitzer sein rechtes Bein über die Bettkante.

Dann trottete er des dringend benötigten Koffeins wegen in die Küche. Mit der dampfenden Tasse in der Hand trat er ins Freie. Kein Gewölk war am Himmel zu sehen. Mit einem erfrischenden Regenguss war auch heute nicht zu rechnen. Herr Schweitzer kniff die Augen zusammen und suchte vergeblich nach einer menschlichen Gestalt im Garten. Er folgte den Radioklängen.

Die Arbeiter saßen an der Außenmauer des Atriumgartens. Offenbar war gerade Mittagspause, denn die zwei Männer kauten an Stullen und vor ihnen stand eine Kiste Mineralwasser. Das Radio dudelte einen alten R.E.M.-Song. Pepsi machte sich an einer Scheibe Salami zu schaffen.

„Guten Tag", begrüßte Herr Schweitzer die Herrschaften und: „Sie wissen nicht zufällig, wo Maria, äh, ich meine, Frau von der Heide gerade ist?"

„Doch", kam es vom Älteren der beiden.

„Einkaufen", ergänzte sein Kollege, den Herr Schweitzer als Azubi einstufte, so juvenil, wie der aussah.

Klar, die Handwerker, dachte er, und fiel noch tiefer in sein Stimmungsloch. Er fühlte sich leer und ausgebrannt. Und dabei hatte er die letzten Wochen nichts anderes getan als sich ausführlich dem Müßiggang gewidmet. Bis auf gestern, natürlich. Gerne hätte er nun im Atriumgarten gesessen, seinen Kaffee geschlürft und die Zeitung gelesen. Aber der stand voller Gerätschaften, die zum Verlegen der Wasserleitung benötigt wurden. Ein Blick genügte und Herrn Schweitzer war bewusst, dass es wohl noch den kompletten Nachmittag brauchen würde, bis das Paradies den letzten Feinschliff erhalten hatte. Etwas agilere Zeitgenossen hätten sich nun Liegestuhl und Sonnenschirm geschnappt und es sich woanders im weitläufigen Gelände gemütlich gemacht. Aber das wäre ja Arbeit gewesen. Vor allem der hölzerne Liegestuhl hatte einiges an Gewicht aufzuweisen.

Herr Schweitzer schlenderte direkt zum Kühlschrank. Mit einem Käseküchlein tröstete er sich über seine missliche Lage hinweg.

Sofort kam Pepsi angeschossen und forderte lautstark den ihr ihrer Meinung nach zustehenden Anteil: „Miau."

–

Gleiches Wetter, gleiche Uhrzeit, gleicher Kontinent, aber ein anderes Land.

Der Conte schwankte zwischen Wut und Milde. Milde deshalb, weil Pedro nun doch endlich aus der Versenkung aufgetaucht war und die Fälschung so täuschend echt war, dass er sie am liebsten gleich behalten hätte. Perfekt, einfach perfekt, dachte er. Aber er musste sich gedulden. Er wusste, beim Original würde der Kick noch um einiges größer ausfallen. Er stellte das 60 mal 80 cm große Gemälde auf die Staffelei, zog die schweren Vorhänge zu und schaltete die Scheinwerfer an.

Mit einem Vergrößerungsglas untersuchte er jeden Quadratzentimeter. Mit wachsender Erregung glitt sein Blick über die nackten Körper, hinauf zu den Fensterbögen, den Schatten im Hintergrund und wieder zurück. Einen Fehler entdeckte er dabei nicht. Ein Gutachter würde Stunden, nein, Tage brauchen, um die Fälschung als solche zu entdecken. Wenn überhaupt. Nein, diesmal würde er sich nicht mit einer Fälschung zufrieden geben. Dafür war der Plan einfach zu genial.

Nach einer halben Stunde legte er das Vergrößerungsglas beiseite, schaltete mehrere Kronleuchter an und die Scheinwerfer aus.

Die ganze Zeit über hatte Pedro in der Ecke neben dem ausladenden Bücherregal aus Mahagoni verharrt. Das restliche Geld war ihm momentan unwichtig. Sein Alkoholpegel näherte sich gefährlich der Schmerzgrenze. Acht grausame Wochen lang hatte er nur so viel getrunken, dass es die Arbeit nicht beeinträchtigte. Eine Arbeit, mit der er vier Wochen in Verzug geraten war. Aber es ging nicht anders. Er hatte mal wieder einen seiner Anfälle gehabt. Sich in seinem Häuschen in den Pyrenäen vergraben und von morgens bis abends gesoffen, weil ihm die Welt zum wiederholten Mal unerträglich geworden war. Heute Morgen war er fertig geworden. Zeitgleich mit dem ersten Glockenschlag zur Frühmesse. Die erste Flasche Rotwein war draufgegangen, als er sich sein Müsli mit frischem

Obst runterwürgte, die zweite während der langen Fahrt in seinem klapprigen 2CV zum Conte.

„Gut. Sehr gut. Aus dir hätte etwas werden können“, sprach der Conte gönnerhaft und lenkte seine Schritte in seine Richtung, „wenn ...“

Pedro wusste, was kommen musste, und unterbrach: „Leck mich. Hast du was zu trinken? Was soll das? Bietet man seinen Gästen neuerdings keine Drinks mehr an?“

Abrupt blieb der Conte stehen.

„Hochprozentiges steht dort hinten“, erklärte Pedro mit bemerkenswert fester Stimme. Er kannte sich aus im Palast. Früher, als sie noch gute Freunde waren, hatte er hier in der Bibliothek nächtelang mit dem Conte diskutiert, Zukunftspläne geschmiedet und Erfahrungen ausgetauscht. Letzteres hauptsächlich übers andere Geschlecht, das ihm mit der Zeit zunehmend auf den Geist gegangen war, bis sich eine nachgerade unnatürliche Abscheu in seinen Eingeweiden festgefressen hatte. Er kam nur noch mit sich alleine klar, wenn auch das immer seltener. Mit seinen 59 Jahren hatte er aufgehört, irgendwelche Erwartungen und Anforderungen ans Dasein oder sonst wen zu stellen.

„Wein, Whiskey? Was willst du? Es ist fast alles da.“

„Ich weiß. Und du weißt, dass es mir egal ist. Tu nicht so!“

Hilflos zuckte der Conte mit den Schultern. Einer Vitrine entnahm er zwei Gläser, hielt sie gegen das Licht, um sie auf Sauberkeit zu prüfen, und füllte sie mit Gin Tonic. Er hatte nachher noch eine andere Verabredung und wollte nicht nach Alkohol riechen.

„Hier. Ohne Eis, so wie du's magst.“

„Danke. Auf was willst du anstoßen? Auf die Zukunft? Haha. Es gibt keine Zukunft, mein Lieber. Es hat sie noch nie gegeben. Irgendwann erwischt's uns alle. Auch dich. Haha.“

Die Worte wurden dem Conte mit größter Verbitterung entgegengeschleudert.

„Wie du meinst", sagte der Conte leise. Wieder einmal wunderte er sich, wie sein Freund sich so hatte ändern können. Oder hatte er selbst sich geändert? Oder jeder von ihnen sich so weit, dass keiner mehr die Kluft überbrücken konnte oder wollte? Wie auch immer, sagte er sich, die Vergangenheit kann keiner zurückbringen. Sie ist tot für alle Zeit.

„Ja, ich meine." Pedro trank aus und schleuderte das leere Glas in den Kamin. „Haha, so wie früher. Erinnerst du dich? Los, du jetzt!"

„Nein. Lass gut sein. Nichts ist wie früher ..."

„Na endlich", erwiderte der Maler zynisch, „hast du's kapiert. Und das noch in diesem Leben. Chapeau! Chapeau!" Er klatschte in die Hände und legte ein paar Tanzschritte aufs Parkett.

„Du gehst jetzt besser."

„Wie? Ich versteh dich nicht. Hast du mich gerade rausgeworfen? Oh, dass ich das noch erleben darf." Pedro deutete einen Knicks an und fuhr fort: „Aber du hast recht. Ein einziges Mal hast du recht. Ich gehe jetzt. Wo ist das Geld?"

„Der kleine rote Koffer in der Eingangshalle. Du hast ihn sicher beim Reinkommen gesehen."

„Hab ich. Na dann, mein guter alter Freund. Wie verabschiedet man sich, wenn man sich nicht wiedersehen will?"

„Leb wohl?!"

„War das jetzt eine Frage? Leb wohl – ist das alles, was bleibt? Leb wohl?"

„Du bist doch der Experte in solchen Dingen ..."

„Stimmt. Das hatte ich ganz vergessen." Pedro verzog seine Gesichtszüge zu einer nachdenklichen Grimasse. Doch bevor er eine Antwort wusste, bekam er Panik, den richtigen Zeitpunkt für seinen Abgang zu verpassen. „Ich geh dann mal. Salü, mein Freund." Schnellen Schrittes und hoch erhobenen Hauptes eilte er etwa einen Meter am Conte vorbei, ohne ihn auch nur eines Blickes zu würdigen.

Der Conte sah ihm nachdenklich nach, dann ging er zum Fenster. Erst als das Auto am Ende des in der Sonne fast weiß glitzernden Kieswegs hinter Zypressen und Außenmauer verschwunden war, löste er sich aus seiner Erstarrung.

Er stellte den alten Zustand der Beleuchtung wieder her und legte eine CD ein. Sein Lieblingsstück war Salve Regina von Claudio Monteverdi, der ungefähr in derselben Zeit gelebt hatte wie der Maler, dessen Fälschung der Conte nun versonnen betrachtete: Holbein der Ältere. Über ihn hatte er seine Diplomarbeit geschrieben, seiner Bildern wegen war er um die ganze Welt gereist. Und bald würde das Original für immer in seinem Besitz sein. Er konnte es betrachten, wann immer ihm danach war.

Doch erst musste die Fälschung nach Frankfurt. Den bescheuerten Picasso würde das Städel als Original zurückbekommen, den entarteten Beckmann ebenso. Aber nicht den Holbein. Und sie werden es nicht einmal merken, da war sich der Conte absolut sicher.

Pedro war froh, Andorra hinter sich zu wissen. Er mochte diesen komischen Flecken Erde nicht, war stets nur dort gewesen, um den Conte zu besuchen. Doch erst als er den Monte Perdido passierte, fühlte er so etwas wie Erleichterung. In einer halben Stunde würde er das Bergdorf erreicht haben. Sein Bergdorf, denn er war der einzige Einwohner, der auch den Winter über dort lebte. Und er hatte nun genug Kohle, um sich stilvoll dem Tode entgegenzusaufen. Wenn er sich nicht verrechnet hatte, würden all seine Malerutensilien, die er heute vor der Abreise in die Mülltonne geworfen hatte, bereits in der

Verbrennungsanlage den Flammen zum Opfer gefallen sein. So schließt man mit der Vergangenheit ab, sagte er sich. Nur so! Dass nichts bleibt.

–

Die Handwerker waren mit ihrer Arbeit früher fertig geworden, als von Herrn Schweitzer erwartet. Die Hängematte hatte er an den zwei dafür vorgesehenen Haken befestigt. Er hatte vor, noch ein bisschen rumzulungern, bevor es ans Grillen ging. Da er nicht wusste, wohin mit seinem Glas Wasser, funktionierte er kurzerhand einen kleinen, kaum kniehohen Blumentisch um, den er neben die Hängematte stellte. Das Idyll wurde durch einen Ventilator abgerundet, der ihn mit der nötigen Frischluft versorgte. Obendrein stand ein Eimer Wasser in Reichweite, in den er von Zeit zu Zeit seinen Waschlappen zu tauchen gedachte, um sich damit abzukühlen. Wie Yaks vertrug er Hitze nur schlecht, aber im Gegensatz zu diesen Viechern war er nicht dazu geboren, in einer Höhe von mindestens 3.000 Metern zu leben. So musste er halt mit Tricks arbeiten, damit sein Körper nicht überhitzte.

Maria war in der Küche mit dem Salat beschäftigt. Nun kam sie mit Herrn Schweitzers Handy heraus. „Anruf für dich. Ich glaube, Marlon Schmiedt, oder wie der heißt ...“

„Smid. Schatz, der heißt Smid. Danke, gib her.“

Dieser teilte ihm mit, er befände sich gerade in Sachsenhausen und es würde ihm nichts ausmachen, kurz bei ihm vorbeizuschauen, um die Details zu besprechen. Vorausgesetzt natürlich, er, Herr Schweitzer, sei immer noch bereit, den Auftrag anzunehmen.

„Logo, klar, ich bin dabei“, erklärte er diensteifrig und teilte dem Meisterdetektiv seine jetzige Adresse auf dem Lerchesberg mit.

In einer viertel Stunde, höchstens aber in zwanzig Minuten sei er bei ihm, verkündete Marlon Smid daraufhin.

Ruckzuck war Herr Schweitzer auf Betriebstemperatur. Ungeachtet der Hitze erhob er sich voller Energie aus der Hängematte, um sich anzukleiden. Dabei erwischte er das Wasserglas, das erst umfiel und dann langsam über den Rand des Blumentischs rollte, ohne dass er einzugreifen imstande war. „Verdammt", fluchte er und ging hinein.

Mit Kehrblech und Handfeger kehrte er zurück, die Scherben zu beseitigen. Kurz dachte er daran, einen Tisch extra für Hängematten zu konstruieren, denn vor einer Woche war ihm dasselbe schon einmal passiert. Herr Schweitzer nahm sich vor, sich mit diesem Thema in nächster Zeit mal näher zu beschäftigen, ehe ihnen die Gläser ausgingen.

Es klingelte. Er dirigierte Marlon Smid direkt in den Atriumgarten.

„Oh, schön hast du's hier. Ist ja richtig gemütlich."

„Gelle. Aber das ist das Haus meiner Freundin Maria."

„Weiß ich doch. Und wo ist sie?"

„In der Küche Salat machen."

„Ja, so ist's richtig. Ist auch meine Devise, sich immer schön bedienen lassen."

Herr Schweitzer war froh, dass Maria das gerade nicht mitbekommen hatte. Er hätte sich sonst reichlich Ärger eingebrockt. „Was kann ich dir zu trinken anbieten?"

„Na, wie der Name schon sagt, einen Drink natürlich. Und sei nicht so geizig mit den Prozenten, haha."

Etwas irritiert ging er an Marias Bar im Wohnzimmer. Fideler Zeitgenosse, dieser Marlon, dachte er. Herr Schweitzer nahm um diese Tageszeit nur in Ausnahmefällen Alkohol zu sich.

In der Küche verdünnte er sein eigenes Glas Whiskey mit Wasser.

„Was machst du da?", fragte Maria vom Gurkenschälen aufblickend. „So früh schon?"

„Marlon Smid ist da."

„Hab ich mitgekriegt."

„Er will einen Drink."

„Aha. Bleibt er zum Grillen?"

„Nee, ich glaube nicht. Wenn's länger dauert, essen wir halt später."

„Na gut. Der Salat wird ja nicht kalt."

Herr Schweitzer bestückte die Gläser mit Eiswürfel. Dann ging er wieder nach draußen. „Hier. Whiskey. Ist doch recht so, oder?"

„Bingo! Genau das, was ich jetzt bitter nötig habe. Auf eine gute Zusammenarbeit."

„Und wie soll die genau aussehen? Bauwagen und Campingplatz in Niederrad, so weit waren wir schon."

„Genau. Pass uff", begann Marlon Smid, „ein Mitarbeiter vom Städel ist seit dem Raub spurlos verschwunden. Das will aber nichts heißen, schließlich ist Ferienzeit. Vielleicht ist er auch nur im Urlaub und taucht schon bald wieder auf. Jedenfalls ist dieser Konstantinos Tziolis momentan unsere einzige Spur. Leider ist er weder in seiner Wohnung in Bornheim noch bei seiner Freundin in Zagreb anzutreffen."

„Ein Grieche mit einer kroatischen Freundin?"

„Ja, warum nicht? Beide Wohnungen werden von mir, äh, uns observiert. Bisher ohne Erfolg. Die letzte Ortung seines Handys geschah von einem Sendemast in Niederrad. Das war zwei Tage nach dem Kunstraub. Seitdem herrscht Funkstille."

„Warum denkst du, dass der Campingplatz eine Rolle spielt? Niederrad ist doch groß."

„Das schon", erwiderte Marlon Smid und verzog den Mund zu einem breiten selbstgefälligen Grinsen, „aber ersten hat's in Niederrad mehr als einen Sendemast und zweitens ..."

Herr Schweitzer richtete sich auf: „Ja?"

„Und zweitens sind exakt in unserem Gebiet kaum Wohnhäuser, das Uni-Klinikum deckt den größten Teil ab. Das heißt, wenn unser Kandidat nicht zufällig erkrankt ist und auf irgendeinem Zimmer dort liegt, kommt eigentlich nur der Campingplatz in Betracht."

„Eigentlich ..." Herr Schweitzer störte sich an diesem Wort. Und: „Außerdem war dieser Konstantinos, oder zumindest sein Handy, das letzte Mal vor knapp vier Wochen dort gewesen, wenn ich richtig gerechnet habe."

„Ich weiß, ich weiß. Ich sagte ja bereits, die Spur ist eigentlich kaum der Rede wert. Aber genau in diesem Eigentlich liegt ja meine Stärke."

„Ach ja, verstehe. Jede Spur, aber auch wirklich jede, und sei sie auch noch so winzig ...", bewies Herr Schweitzer, dass er des Meisters Gebote kapiert und verinnerlicht hatte.

„Bingo, Simon. Ich wusste es, du bist klasse", erklärte Marlon Smid und schlug sich auf die Schenkel. Dann fischte er aus seiner Hemdtasche ein Foto heraus. „Hier, das ist der Typ, nach dem wir suchen. Ich persönlich glaube ja, dass das unser Mann ist. Auch wenn die Bullen ... ach, lassen wir das. Die tun ihre Arbeit, wir die unsere. Was meinst du, der Typ da, der hat doch irgendwie was Kriminelles an sich. Ich hab ein Näschen dafür."

Herr Schweitzer nahm das Foto am Rand, um es nicht mit seinen feuchten Fingern zu verschandeln. Er betrachtete es eine Weile. Dunkles gewelltes Haar hing in die Stirn und trostlose Augen blickten ihm entgegen. Er drehte es um. Auf der Rückseite stand mit Bleistift Konstantinos Tziolis geschrieben.

„Ist er vorbestraft?“

„Kleinigkeiten. Allerweltsdelikte. Fahren ohne Führerschein. Ladendiebstahl. Ist aber alles schon eine Ewigkeit her.“

„Wie alt?“

„Vierzig.“

„Spricht Deutsch?“

„Sehr gut sogar, sagt sein Chef.“

„Und was hat er im Städel gemacht?“

„Putzen. Jeden Tag, nachdem der letzte Besucher das Städel verlassen hat. Putzen. Tagein, tagaus: Putzen.“

Herr Schweitzer blickte noch einmal aufs Foto. „Wie eine Putzfrau sieht der mir aber nicht aus.“

„Haha, Mensch, Simon, haha, der war gut“, eierte sich Smid weg.

Herr Schweitzer wusste zwar nicht, was daran gerade lustig gewesen sein soll, ließ es aber dabei bewenden. Jeder hat halt eine andere Art von Humor, sagte er sich. „Und wie genau sieht nun meine Tätigkeit aus? Ich ziehe vorübergehend auf den Campingplatz ...“

„... in einen Bauwagen“, unterbrach Smid.

„Logo. Genau, in einen Bauwagen. Und hör und guck mich um, ob da vielleicht dieser Konstantinos Tziolis auftaucht. Soll ich da eigentlich auch wohnen, ich meine, die Nächte dort verbringen?“

„Na ja, die eine oder andere schon. Vielleicht taucht er immer nachts auf, wenn alle schlafen. Oder sein Kumpel wohnt noch dort. An dem Raub müssen mindestens zwei Leute beteiligt gewesen sein, sagt die Kripo. Und ausnahmsweise glaub ich ihr. Aber nein, du brauchst dich nicht die ganzen vierundzwanzig Stunden dort aufhalten. Mach einfach, wie du denkst. Ich erwarte mir sowieso nicht viel davon. Nur, was sein muss, muss halt sein.“

„Jede Spur, aber auch wirklich jede ...“

„Bingo! Was denkst du, kannst du morgen anfangen?“

„Logo.“

„Ach, da ist noch was ...“

Genau wie im Krimi, dachte Herr Schweitzer, jetzt kommt nämlich der Haken an der Sache. „Ja? Das wäre?“

„Nun“, sagte Smid und verzog den Mund zu einem gequälten Lächeln, „die Typen, ich meine, die Menschen, die dort auf dem Campingplatz wohnen, das sind keine normalen Camper.“

„Ich weiß. Das ist bekannt.“

„Puh. Gut. Dann ist ja alles in Butter. Morgen also.“ Marlon Smid sah auf seine Armbanduhr und erhob sich. „Ich muss jetzt los. Meine Nummer hast du ja, falls was ist.“

„Jooh, hab ich. Und der Bauwagen? Ist die Tür abgeschlossen?“

Marlon Smid klatschte sich gegen die Stirn. „Oh Mann, bin ich doof. Aber klar, du hast recht. Hier ist der Schlüssel. Du meldest dich vorne beim Personal und sagst, du seist ein Freund vom Jan. Dem gehört nämlich der Wagen.“

„Und wo ist Jan gerade?“

„Der hat inzwischen eine richtige Wohnung gefunden. Ist ein alter Freund von mir. So von der Sorte, der man gelegentlich unter die Arme greifen muss. Jetzt kann er auch mal was für mich tun. Kann sein, dass du den Wagen noch ausfegen musst, er steht schon seit einem halben Jahr leer.“

„Okay. Ich bring dich noch zur Tür.“

Unterwegs lief ihnen Maria über den Weg.

„Oh. Hallo Schatz. Das ist Marlon.“

„Angenehm.“ Sie reichte ihm die Hand. „Maria.“

„Ich weiß. Ebenfalls angenehm.“

„Natürlich wissen Sie. Ihr Detektive werdet doch dafür bezahlt, viel zu wissen.“

Herr Schweitzer bemerkte ihren leicht spöttischen Unterton.

An der Haustür bekam er vom Meister einen Stoß in die Rippen. „Mensch, Simon. Da haste dir ja'n echten Feger an Land gezogen. Respekt, Respekt."

Mit dieser Art von plumper Männerkumpanei hatte Herr Schweitzer seit jeher seine Schwierigkeiten. „Äh, ja, genau. Maria ist schon toll."

„Na dann. Mach's gut. Und ruf mich an, sobald ..."

„Logo, mach ich. Tschüss."

Und wie Herr Schweitzer vermutet hatte, es war ein Porsche, ein roter Porsche 911, den der Meister aller Klassen bestieg und per Kavalierstart auf die Straße lenkte.

Im Flur wurde er von Maria erwartet. „Du, sag mal, was war denn das eben für ein schräger Vogel?"

„Wie? Versteh ich nicht."

„Na, wie der rumlief. Hawaiihemd, Rolex, Goldkettchen, Oberlippenbart. Der Typ ist doch ein Klischee seiner selbst. So läufst nicht mal du herum! Und das will was heißen."

„Ist mir gar nicht so aufgefallen."

„Ach, Schatz. Du bist mir schon einer." Maria tätschelte ihm die Backe. „Und was für einer. Man muss dich einfach gerne haben. Ich liebe dich." Schmatz.

–

Noch am Abend hatte Herr Schweitzer seiner Maria eröffnet, dass er zwecks Ermittlungen als Undercover-Agent im Fall der geklauten Städel-Gemälde für einige Zeit auf den Niederräder Campingplatz ziehen werde. Der Mensch haut eben gerne auf die Pauke.

Der nächste Morgen. Das Frühstück war vertilgt, eine letzte Tasse Kaffee stand vor ihm. Herr Schweitzer war ob seiner neuen Aufgabe ein klein wenig nervös. „Hm, Maria, was soll ich bloß anziehen?“

„Wie? Das fragst du doch sonst nie? Was hast du denn? Du stellst dich ja an wie ein Backfisch vor dem ersten Rendezvous.“

„Quatsch! Es ist nur so, ich kenne mich mit Camping nicht so aus.“

„Ich vielleicht? Aber beim Campingplatz Gaul ... so heißt der doch?“

„Ja.“

„Beim Campingplatz Gaul würde ich vorschlagen, du legst dir eine Legende zwischen gescheiterter Existenz und Vollalkoholiker zu. Das passt zu den Leuten, die dort hausen, äh, leben.“ Maria wirkte amüsiert.

„Ja, ja, weiß ich doch. Aber ich habe weder eine Trainingshose noch ein ärmelloses Unterhemd.“

„Du willst nicht auffallen, stimmt's?“

„Das wäre zumindest hilfreich.“

„Dann schlag ich vor, du ziehst all deine abscheulichen Klamotten an.“

„Mein rosa Hemd?“

„Zum Beispiel. Außerdem könntest du in der Unterhose mit den kleinen Elefanten rumlaufen. Es ist heiß und ich wette, dort gibt's Gestalten, die noch viel grauenhaftere Sachen tragen.“ Maria näherte sich einem unkontrollierten Lachanfall.

„Ich lauf doch nicht in einer Unterhose rum. Für was hältst du mich?“

„Für einen ausgebufften Undercover-Agenten?“

„Pah, du machst dich über mich lustig.“

„Du bist lustig.“ Maria konnte nicht mehr an sich halten. Sie prustete los. „Ich ... ich versuche mir das gerade vorzustellen. Simon ... mein Simon unter all den Komikern, die sich da tummeln. Vergiss nicht, dort ist auch ein Kiosk, an dem wahrscheinlich nur Billig-Bier und Korn verkauft wird. So ein leckeres Weinchen wie bei Bertha im Weinfaß kannst du vergessen. Ich weiß nicht, ob dein Magen das mitmacht, hihi."

„Oh." Herr Schweitzer erschrak. „Daran habe ich ja gar nicht gedacht. Besser, ich lade mir ein paar Getränke in den Kofferraum."

„Du fährst mit dem Auto dorthin?"

„Na klar. Kann doch sein, ich muss jemanden verfolgen. Der nächste Taxistand wäre viel zu weit weg."

–

Eine halbe Stunde später war Herr Schweitzer zum Aufbruch bereit. Sein weißer Twingo stand in der Einfahrt. „So, Liebling, ich muss dann mal."

Nach dem Abschiedskuss sagte Maria: „Sieh vor allem zu, dass du uns den Max Beckmann wiederbeschaffst. Wäre doch schade, wenn wir Frankfurter auf dieses tolle Bild in Zukunft verzichten müssten. Diese Synagogendarstellung gehört schließlich ins Städel wie der Ebbelwoi nach Sachsenhausen."

„So dramatisch kenne ich dich gar nicht."

„Okay. Dann lass es uns so formulieren: Es wäre ein herber Verlust für die hiesige Museumslandschaft."

„Ich bin motiviert bis in die Zehenspitzen."

„Das will ich hören. Viel Glück. Und ruf an, wenn du mal Zeit hast. Wir können uns ja im Weinfaß treffen."

–

Die Anmeldeformalitäten gingen reibungslos vonstatten. Seinen Ausweis hatte Herr Schweitzer nicht vorzeigen müssen, was ihn auch überrascht hätte. Nur ein Formular hatte er ausfüllen müssen und ein Fünfziger war als Kaution fällig gewesen.

„Willkommen, Simon. Wir duzen uns hier. Ich bin übrigens der Jupp“, sagte Jupp Wachtelau völlig überraschend, nachdem er vorher ziemlich wortkarg gewesen war. Und misstrauisch, denn sein neuer Gast war seit langer, langer Zeit der Erste, der offensichtlich ein Auto besaß. „Wieso hast du ein Frankfurter Nummernschild? Ich denke, dein letzter Wohnsitz war in Langen.“

Ja, das hatte Herr Schweitzer angegeben. Langen war nicht so weit entfernt, als dass man seinen Dialekt, den er unüberhörbar besaß, auch wenn er stets bemüht war, Hochdeutsch zu reden, hätte anzweifeln können. Außerdem besagte seine Legende, er habe Arbeitsplatz und Wohnung verloren und die Scheidung von seiner Frau sei bald spruchreif. Damit glaubte er, zumindest hier auf dem Campingplatz Gaul, die Unauffälligkeit in Person darzustellen. Doch an sein verräterisches Nummernschild hatte er in all der Hektik nicht gedacht. So stotterte er auch recht unbeholfen: „Oh, äh. Meine Schwester wohnt in Höchst. Ich kann ihr Auto benutzen, solange sie diesen, äh, diesen Kurs in Berlin hat.“

Doch Jupp Wachtelau war es ziemlich egal, wem das Auto gehörte. Er hatte seit zwei Monaten ein Problem: „Das ist ja toll, supertoll, wenn ich mal so sagen darf. Hast du nachher mal ein bisschen Zeit?“ Er dirigierte Herrn Schweitzer mit dem Zeigefinger zu sich.

„Ja. Wozu?“

„Die Streifenhörnchen ham für’n halbes Jahr meinen Lappen eingezogen. Weißt du, mit meinem klapprigen Fahrrad kann ich doch nur einen Kasten transportieren. Bis jetzt musste ich immer vier, fünf Mal am Tag zum Laden fahren. Du glaubst gar nicht, was hier manchmal gesoffen wird.“

Oh doch, das glaubte Herr Schweitzer. Oft genug war er hier mit Maria am Main spazieren gewesen und hatte das Gegröle schon von Weitem gehört. „Kein Problem, Jupp. Das kriegen wir locker unter. Wann willst du los?“

„In ner Stunde vielleicht. Bring erst mal deine Sachen in'n Bauwagen und mach's dir gemütlich. Die Leute sagen zwar immer, es sei nur für kurze Zeit, aber wir ham hier Stammgäste, die sind schon seit ner halben Ewigkeit da. Is ja auch heimelig hier. Nur im Frühjahr bei Hochwasser wird's manchmal unangenehm. Da musste dann im Schlaf schwimmen.“

Herr Schweitzer war erstaunt, wie schnell er sich Vertrauen erworben hatte. Und das auch noch beim Pförtner. Den würde er später mühelos ausquetschen können. „Gut, dann fahr ich mal rein, lade die Sachen aus und bin gleich wieder da.“

„Ja, aber lass dir Zeit. Nur keine Hektik, Simon. Wir sind hier net uff de Flucht.“

Dem selbsternannten Undercover-Agenten war's recht so. Hektik stand seiner Lebensphilosophie diametral entgegen. Und die lautete: Faulheit ist die Kunst sich auszuruhen, bevor man müde wird. Dementsprechend behäbig setzte sich Herr Schweitzer in Bewegung. Mit lausbübischem Grinsen entgegnete er: „Alles klar, Jupp. Bis nachher.“

Und dann haute es ihn aus den Socken. Er hatte die Tür des dunkelgrünen Bauwagens geöffnet. Ein mit nichts zu vergleichender Gestank schlug ihm entgegen. Eine Kakerlake huschte unter einen kleinen Kühlschrank. Die riesengroße Spinne im Türrahmen blieb, wo sie war. Nur ihr Netz vibrierte vom plötzlichen Windzug.

Herr Schweitzer wartete drei Minuten, um frische Luft hineinzulassen. Dann griff er nach einem Stock und entfernte Netz samt Spinne, die sich zusammengerollt hatte. Durch den Staub am Boden schritt er zum einzigen Fenster an der

Seitenwand. Er öffnete es. Erst dann war es hell genug, um die Ursache des Gestanks zu deuten. Er kämpfte mit dem Brechreiz. Aus einer offenen Dose Ravioli quollen Maden und Ameisen. Auf dem Klapptisch lag verwesendes Obst. Eine Banane war noch zu erkennen, aber mehr an ihrer Form als an der Farbe. Auch hier allerlei Getier, das sich am feinen Fresschen labte. Wenigstens sah das Bett halbwegs passabel aus.

Vom Jupp lieh er sich Arbeitshandschuhe. Mit bloßen Händen wollte er hier nicht arbeiten. Wer weiß, was man sich dabei alles einfing. Als Erstes trug er die Lebensmittel, die wahrscheinlich schon zu Todesmitteln mutiert waren, zur grauen Mülltonne, die nur wenige Meter entfernt mitten auf dem Rasen stand. Herr Schweitzer fragte sich, ob dieser Jan, dem der Bauwagen gehörte, grundsätzlich ein kleines Ferkel oder das hier nur das Ergebnis Monate langen Leerstandes war. Mit dem Fegen dauerte es etwas länger. Er musste behutsam vorgehen, durfte nur langsame Kehrbewegungen machen, um nicht in einer Staubwolke zu ersticken.

Als der gröbste Schmutz beseitigt war, räumte er die Sachen aus seinem Twingo in den Bauwagen. Die Matratze bekam ein frisches Bettlaken. Der Kühlschrank war Gott sei Dank bis auf ein Senfglas leer. Herr Schweitzer steckte den Stecker wieder rein und hoffte auf einen funktionierenden Stromanschluss. Es blieb noch viel zu tun. Zum Beispiel musste das Fenster dringend gesäubert werden. Selbst die pralle Sonne hatte Schwierigkeiten, sich durch die Schlieren der matten Glasscheibe zu kämpfen. Aber gemach, gemach. Nun musste er erst einmal Jupps Chauffeur mimen.

„Tobi", schrie der Pförtner lauthals quer über den Platz, als Herr Schweitzer vorgefahren war. Und zu ihm gewandt: „Kannst ja schon mal das Leergut einräumen. Ich bin gleich so weit."

Außer zwei Gestalten, die am Ufer angelten, hatte er noch keine weitere Menschenseele auf dem Campingplatz entdeckt. Herr Schweitzer dachte schon, hier zu vereinsamen, als ein knorriges Männlein, dürr wie eine Vogelscheuche und kaum fünfzig Kilo schwer, unsicheren Schrittes angeschlurft kam. Entweder war es stark behindert oder mächtig betrunken.

„Was ist, Jupp? Ist das Bier schon wieder alle?“, fragte das Männlein.

„Wenn du nicht so viel saufen würdest, müsste ich einen Kasten pro Tag weniger schleppen. Wann willst du eigentlich deinen Deckel löhnen? Hast du nicht gesagt, du wolltest dir heute deine Stütze abholen?“

„Hab ich? Wie spät ist es eigentlich?“

„Zwei Uhr durch.“

„Nachmittag?“

„Nee, du Schnapsdrossel. Zwei Uhr mitten in der Nacht. Siehst du nicht die Sterne dort oben?“

Tobi schaute sich tatsächlich den Himmel an.

Zu Herrn Schweitzer sagte Jupp: „Ignorier ihn einfach. Der ist immer so. Du verstehst schon, ein bisschen balla-balla, unser Tobi. Gelle, Tobi?“

„Ich tu keine Sterne seh'n.“

„Okay, Test bestanden. Und jetzt vertrittst du mich für eine halbe Stunde. Wenn jemand kommt und nach mir fragt, soll er warten, klar?“

Ohne ein weiteres Wort zu verlieren pflanzte sich Tobi auf einen arg ramponierten, ausrangierten Bürostuhl, der auf den Holzbohlen vor der Rezeption seine letzte Bestimmung gefunden hatte. Mit offenem Mund, aus dem ein Speichelfaden hing, musterte er unverhohlen den Neuankömmling. „Was will'n der schon wieder?“

„Ihr kennt euch?“, fragte Jupp erstaunt.

„Aber sicher“, antwortete Tobi, „der hat mir doch die Frau ausgespannt, der Drecksack da.“

„Oh, Mist. Bin schon wieder darauf reingefallen“, ärgerte sich Jupp. „Mach dir nix draus, Simon. Der verdächtigt jeden. Obwohl das mit seiner Ex schon zwanzig Jahre her ist. Ist einfach nicht drüber weggekommen. Seitdem geht's bergab mit Tobi. Gelle, Tobi?“

„Denk an die Scheidungspapiere, Jupp. Ich lass mir doch von der Schlampe nicht alles gefallen. Ich doch nicht.“

„Mach ich. Halt die Stellung, bis wir wieder da sind.“

„Von mir aus kannste den Drecksack unterwegs erschießen tun.“

„Ich denk drüber nach, okay?“

Tobis Kopf sackte nach unten und die Augen schlossen sich. Der Speichelfaden hatte die braune Trainingshose erreicht.

Als sie im Auto saßen, erklärte Jupp: „Tobi ist einer der wenigen, die auch im Winter auf'm Platz bleiben.“

„Und die Anderen?“

„Je nachdem, aber meist geht's ins Asyl.“

„Asyl?“

„Ja, Obdachlosenasyl. So Wohnheime, da ist's immerhin ein bisschen wärmer und es gibt was zu futtern. Aber ein paar von denen kommen dann tagsüber her, um sich ... na ja, du weißt schon, wegen der Dröhnung. Alkohol. Viele hier sind schwere Alkoholiker.“

Herr Schweitzer verstand und lobte sich dafür, seinen eigenen Weinvorrat mitgebracht zu haben.

Eine halbe Stunde später kehrten sie vom Getränkeladen zurück. Tobi saß immer noch da, wie sie ihn verlassen hatten. Nur dass sich inzwischen ein paar Tauben zu ihm gesellt hatten und zu seinen Füßen nach Krümeln pickten.

Er half noch beim Ausladen, dann zog sich Herr Schweitzer zurück. Mit einem Besen, der hinter dem Bauwagen stand und von dem er erst noch das Spinnengewebe entfernen musste, fegte er die Veranda. Veranda war vielleicht ein wenig übertrieben: Auf zwei Euro-Paletten hatte jemand Pressspanplatten genagelt, deren Ränder inzwischen moosbedeckt waren.

Auch wenn er nicht zum Vergnügen hier war, so hielt Herr Schweitzer doch an einer alten und lieb gewonnenen Gewohnheiten fest. Er haute sich zwecks Mittagsschlaf aufs Ohr. Die Matratze war zwar nicht so breit und kommod wie die zu Hause, aber seinen Ansprüchen genügte sie.

–

An diesem Abend trank Herr Schweitzer schneller als sein Schatten. Es fing alles mit einem Gläschen Syrah Salta Zagreus auf der Veranda an. Der Campingplatz hatte sich inzwischen belebt. Er schaute den Leuten zu. Diese wiederum inspizierten den Neuen aus sicherer Entfernung.

Am liebsten wäre er natürlich sitzen geblieben, denn der Syrah Salta Zagreus war wirklich sehr lecker, doch Herr Schweitzer erinnerte sich an seine Pflicht und die hieß eindeutig, dass er seinen Allerwertesten zwecks Horchen und Gucken so langsam Richtung Alkoholquelle zu bewegen hatte, wo er die Ursache eines nicht unbeträchtlichen Geräuschpegels vermutete. Er schaute sich noch einmal das Foto von diesem mysteriösen Konstantinos Tziolis an und prägte sich die Gesichtszüge ein. Mit einem großen Seufzer, der typisch ist für Leute mit geringer bis gar keiner Arbeitslust, erhob er sich und setzte sich in Bewegung. Den Bauwagen schloss er ab, so ganz geheuer kam ihm das Volk hier nicht vor.

Rezeption und Kiosk waren identisch, das heißt, verkauft

wurde durch ein großes Fenster zur Mainseite hin. Zum Essen gab es heute Würstchen, die Jupp bei Bedarf auf einen vor dem Häuschen stehenden kleinen Grill legte. Der Grillmeister trug eine schwarze Schürze mit der Aufschrift Chef.

„Hallo, Simon. Schon eingelebt? Was zu essen?"

„Gerne, Jupp. Zwei Mal das Hauptmenü. Gibt's Brot dazu?"

„Klar."

„Und die Getränkekarte, bitte."

„Hängt neben dem Fenster."

Herr Schweitzer trat näher und las. Das dauerte nur zwei Sekunden, denn die Getränkekarte konzentrierte sich konsequent aufs Wesentliche: Bier und Korn. Ersteres eins zwanzig, Zweiteres eins fünfzig. Da er beim Einkauf dabei gewesen war, wusste er um die hier angebotene Biermarke Hansa. Er hatte sie noch nie gekostet, aber bei einem Einkaufspreis von 39 Cent die Dose erwartete er nicht viel. Das deutsche Reinheitsgebot dürfte nicht viel Einfluss auf die Braukunst des Herstellers gehabt haben. Herr Schweitzer tippte, bereits der Genuss zweier läppischer Dosen würde immenses Schädelbrummen verursachen. Und er tippte richtig, wie sich noch herausstellen sollte. Doch die uralte, in vielen Schlachten erprobte Detektivkunst zwang ihn zur behutsamen Assimilation. „Und ein Bier, bitte."

An den Korn traute er sich noch nicht ran. Wer weiß, wo der gepanscht wurde. Bei eins fünfzig kam eigentlich nur eine Schwarzbrennerei im Hinterland Indiens infrage. Und dort erblinden ja jährlich Hunderte, wenn nicht gar Tausende Säufer nach dem Genuss illegal hergestellter Spirituosen. Wenn sie überhaupt mit dem Leben davonkamen.

Während er auf seine Würstchen wartete, warf Herr Schweitzer einen Blick auf die Runde von sechs Männern, die an einem länglichen weißen Plastiktisch etwa auf halber Strecke zwischen Rezeption und Mainufer unter einer Linde saßen und sich lautstark unterhielten. Ein Konstantinos Tziolis war definitiv nicht darunter.

Beim ersten Schluck Hansa-Bier bemühte Herr Schweitzer noch seine Geschmacksnerven. Diese zeigten sich jedoch höchst unkooperativ: Hast du sie noch alle? Spinnst du? Willst du uns vergiften? Noch so ein Schluck und wir sagen der Leber, sie soll die Arbeit einstellen!

Daraufhin roch er an der Brühe. Auch das hätte er besser nicht tun sollen. Genauso gut hätte sich Herr Schweitzer in eine mit Chemieabwässern durchsetzte Jauchegrube schmeißen können.

Nun war guter Rat teuer. Er überlegte hin und her. Dann hatte er die Lösung: „Ich muss noch mal zum Wohnmobil, Jupp. Hab was vergessen."

„Wohnmobil? Hast wohl en Clown gefrühstückt. Aber beeil dich, die Würstchen sind gleich fertig."

„Mach ich. Bis gleich."

Es war ein seltenes Bild – der Herr Schweitzer in Eile.

Als er sich umgeschaut und festgestellt hatte, dass ihn keiner beobachtete, leerte er die Dose ins Gebüsch neben seinem Bauwagen. Sicherheitshalber opferte er noch einen Schluck Wein, den er in der Dose hin und her schüttelte, um damit auch ja den letzten Rest des adäquaten Giftes für einen Massenmord zu erwischen, den er dann abermals ins Gebüsch schüttete. Herr Schweitzer vermutete stark, damit in absehbarer Zeit das gesamte Erdreich in dieser Gegend auf Generationen hinweg kontaminiert zu haben. Er hatte ein schlechtes Gewissen deswegen; zu Hause legte er Wert auf Mülltrennung, und dann das hier.

Mit der mit dem Syrah Salta Zagreus-Weinchen gefüllten

Dose kehrte er zurück. Die Würstchen lagen zum Verzehr auf einem Pappteller bereit.

„Lass es dir schmecken“, wünschte Jupp.

Doch Herr Schweitzer war nun in Alarmbereitschaft. Obwohl die Würstchen nach Würstchen und das Brot nach Brot aussahen, biss er nur zaghaft zu. Es dauerte eine Weile, bis seine misstrauischen Geschmacksnerven ihr Okay gaben.

Dann war es geschafft. Jupps Frage nach einer weiteren Portion verneinte er höflich, aber vehement. Für 200 Euro Honorar am Tag wollte er nicht an einer Lebensmittelvergiftung krepieren.

„Komm mit, Jägermeister hat Geburtstag“, sagte Jupp und zog sich die Schürze aus.

Herr Schweitzer dachte natürlich, Jupp meinte damit den niedersächsischen Hersteller von Kräuterlikör und würde nun eine von der Firmenleitung zum Jubiläum spendierte Flasche öffnen.

Doch es kam mal wieder anders als gedacht. Jupp ging an den Tisch mit den sechs Männern. Herr Schweitzer folgte. Noch bewegte er sich grazil wie ein Seidenreiher.

„Hallo Mädels. Darf ich vorstellen: Das ist Simon. Er ist neu bei uns. Heute frisch eingetroffen.“

Etwas unbeholfen hob der Undercover-Agent seine Hand zum Gruß: „Hey. Freut mich.“ Herr Schweitzer warf einen schnellen Blick in die Runde und wusste sofort, dass fortan eine Schauspielkunst gefragt war, die in ihrer Perfektion geradenwegs nach Hollywood führen konnte. In allen Gesichtern war die Abwesenheit von Bildung kaum zu übersehen.

„Ich fange mal bei Tobi an, den kennst du ja schon“, fuhr Jupp fort. „Dann kommt der Stadi, der ist erst seit zwei Wochen wieder draußen. Weiter geht's mit dem ...“

Tobi: „Der lebt ja immer noch. Hab ich dir nicht gesagt ...“

Jupp ließ sich nicht beirren: „... geht's mit Knobel-Harald. Simon, hör auf mich, wenn der den Knobelbecher auspackt, lass es sein, Knobel-Harald gewinnt immer."

„Ich werd's mir merken."

„Der da, das ist der Franz. Seine Alte ist gerade auf Entziehungskur, vorgestern eingeliefert. Dann kommt der Ernst, der ist so etwas wie der gute Geist vom Platz. Ernst ist Frührentner und wohnt schon seit ... Ernst, wie lange?"

Ernst: „Zwölf."

„... seit zwölf Jahren bei uns. Da war ich noch gar nicht da. Und hier ist unser Geburtstagskind. Wird heute siebenundfünfzig. Gelle, Jägermeister, stimmt doch?"

„Joouh, siebenundfünfzig. Jupp! Simon! Hier sind eure Gläser. Nehmt mal."

Herr Schweitzer bekam ein kleines Bierglas in die Hand gedrückt und noch während er seinen Irrtum berichtigte, dass Jägermeister in dieser speziellen Causa ein Mann und kein Likör war, schenkte das Geburtstagskind ein. Natürlich Jägermeister. Erst Jupp ein halbes Glas voll und dann ihm. Er frohlockte schon, denn es war nur noch ganz wenig in der Flasche und Jägermeister war mitnichten sein Lieblingsgetränk. Doch Herr Schweitzer frohlockte zu früh, denn unter dem Tisch stand noch ein ganzer Karton voller Flaschen. Er rechnete schnell nach. Es war recht einfach. Acht Mann, acht Flaschen. Auweia!

Der Rest des Abends ist schnell erzählt und ging an Herrn Schweitzers Substanz, weil Jupp obendrein auch noch regelmäßig Bier anschleppte. So sehr er sich auch bemühte, dem Jägermeister-Ansturm gewachsen zu sein, so selten konnte er ihm ausweichen. Zwei Mal verdrückte er sich beim erneuten Kreisen der Flasche auf die Toilette und ein anderes Mal war es ihm gelungen, unbemerkt den Inhalt seines Glases auf den

Rasen zu schütten. Es half alles nichts. Nach drei Stunden war er dippedappe zu. Nur am Rande bekam er noch mit, dass sich die Alte vom Franz, die Heidi, selbst entlassen hatte und eine feuchtfröhliche Geburtstagsrunde mehr schätzte als eine dringend notwendige Entziehungskur. Heidis Gesicht war von alkoholbedingten roten Äderchen durchzogen und ihre Tränensäcke hingen schwer und geschwollen unter den Augen. Anfangs redete Herr Schweitzer nicht viel, um nicht durch übermäßige Bildung aufzufallen – das wäre schon der Fall gewesen, wenn er damit geprahlt hätte, zu wissen, wer gerade Verteidigungsminister war. Später redete er nicht viel, weil der Jägermeister seine Zunge hatte schwer werden lassen. Immerhin bekam er noch mit, wie jemand alte Urlaubsfotos herumzeigte. Das brachte Herrn Schweitzer auf eine Idee, wie er in dem ihm aufgetragenen Fall vorankommen könnte. Er notierte sie sich in krakeliger Handschrift.

Der Mond zog schon einsam seine Bahnen, als er sich verabschiedete und zu seinem Bauwagen wankte. Von der Grazilität eines Seidenreihers war keine Spur mehr. Mit den Worten „Verflucht, ich hab doch keinen Bildungsauftrag. Alles Quatsch, hier“ legte er sich schlafen. Besser: Er fiel in Ohnmacht.

–

Am nächsten Morgen ging Herr Schweitzer zunächst davon aus, dass er tot war. Er hatte Kopfschmerzen wie noch nie zuvor. Irgendwer hämmerte mit einem scharfen wuchtigen Gegenstand von innen gegen seine Schädeldecke. Wahrscheinlich der Teufel, der ihn in seinem Reich mit einer kleinen Foltereinlage willkommen hieß.

Einige Zeit später war ihm klar, dass die Realität eine andere war. Er war gar nicht tot. Noch hatte er kein Auge aufgetan. Er überlegte, warum er diesen Auftrag angenommen hatte, obwohl er doch den Sommer in der Hängematte verbringen wollte. Ohne Kopfschmerzen, wohlgemerkt. Er schimpfte sich einen riesengroßen Deppen, der sich nicht im Griff hatte und dessen sieben Sinne nahezu zerstört sein mussten. Wie kann sich ein Mensch, der von sich behauptete, stets alle Aspekte zu bedenken, aus freien Stücken auf dem berühmt-berüchtigten Campingplatz Gaul einquartieren?

Doch damit nicht genug. Von draußen drang ein Gekreische an sein Ohr, welches bar jedweder, wie auch immer gearteten menschlichen Sozialisation war.

Weib: „Du Depp. Ich hab dir dein scheiß Geld net geklaut."

Kerl: „Selber Depp. Meinst du, ich hab's mir selber geklaut, oder was? Wahrscheinlich hast du's schon versoffe, hä? Stimmt doch, geb's doch zu. Versoffe, du Dreckschlampe, du."

Weib: „Ich geb dir gleich was, von wesche Schlampe, du Hornochs, du blöder. Un en Schlappschwanz biste aach noch, nur damit d'es weißt. Depp."

Kerl: „Dann hau doch endlich ab. Ich kann dei Visage eh net mehr seh'n."

Weib: „Des mach ich aach. Kannst dich druff verlasse, du Penner. Wirst schon seh'n, morsche bin ich fort. Des haste dann davon. So!"

Kerl: „Wer's glaubt, wird selig."

Und dann folgte ein klatschendes Geräusch, das stringent auf Handgreiflichkeiten deutete. Unter normalen Umständen wäre Herr Schweitzer nun aufgestanden, hätte nachgesehen, ob jemand verletzt war, und gegebenenfalls beschwichtigend eingegriffen. Doch hier befand er sich auf rechtsfreiem Territorium, wo andere Gesetze galten. Gesetze aus einer Zeit, als

Hexenverbrennungen noch als Volksbelustigungen zelebriert wurden. Herr Schweitzer schwor Stein und Bein, hier keine Sekunde länger als notwendig zu verweilen. Das hieß, er musste in die Gänge kommen, und zwar sofort.

Seinen Schmerz im Kopf als gottgegeben hinnehmend erhob er sich, zog die Hose an und marschierte strammen Schrittes zu den sanitären Anlagen. Die Streithähne hatten sich verzogen.

Vier Minuten lang folterte er seinen Körper mit eiskaltem Wasser, ehe er sich einseifte. Dann wiederholte er den Eiswasser-Vorgang, bis er es nicht mehr aushielt. Am Kiosk ließ er sich von Jupp drei kleine Flaschen Cola geben. Die waren für die Brandbekämpfung. Noch auf dem Weg zum Bauwagen leerte er die erste.

Dann entzifferte Herr Schweitzer seine krakelige Handschrift von gestern und rief Marlon Smid an. Er fragte, wie viele Tage es dauerte, ein Foto zu fälschen, auf dem eine hübsche Frau gemeinsam mit dem gesuchten Konstantinos Tziolis zu sehen sein würde, am besten in ausgelassener Urlaubsstimmung. Die Antwort überraschte ihn.

„Null Problemo, Kumpel. Wir sind doch Profis. Lass mir zwei Stunden Zeit, ich bring's dir vorbei."

Marlon Smid unterbrach die Verbindung, ohne Herrn Schweitzer die Gelegenheit zu geben, noch etwas zu sagen. Dieser schaute verdutzt sein Handy an. Schau mal einer an, dachte er, so schnell geht das also bei professionellen Detektiven.

–

Der Auftritt des Meisterdetektivs am Mainufer war ungefähr so spektakulär, als würde ein ausgewachsenes Krokodil mit Cowboyhut und Patronengurt über den Champs-Élysées stolzieren und Freikarten für eine Kinovorführung verteilen. Er blieb nicht unbeobachtet. Zu weißen Lackschuhen trug Smid ein gelbes Hemd mit hellgrüner Krawatte unter einem lila Anzug. Und das bei dieser Hitze!

„Sag mal, Simon, was will der Wischt da vorne an der Rezeption eigentlich von mir? Faselt mir das Ohr voll, ich hätte ihm die Frau ausgespannt“, lautete seine Begrüßung.

„Ach, das ist der Tobi. Der ist immer so.“

„Und die Knarre? Ist die geladen?“

„Klar, aber gewöhnlich schießt er nur, wenn man ihm blöd kommt. Die Leute hier wissen das aber. Angeblich soll's schon vier oder fünf Monate her sein, seit Tobi das letzte Mal abgedrückt hat. Er hat gerade seine Entspannungsphase.“

„Da bin ich ja beruhigt. Ich hab Dorscht.“

(Dorscht ist hessisch, heißt Durst und steht in etwa für Gruppendynamik.)

„Da geht's dir wie mir, Marlon. Der gestrige Abend war die Hölle.“

„Wieso?“

„Hansa-Bier!“ erklärte Herr Schweitzer ausführlich.

„Aua! Ausgerechnet Hansa-Bier. Das würde ich ja nicht mal zum Putzen verwenden. Das hast du hoffentlich nicht freiwillig gesoffen.“

„Nee, beruflich. Ich muss mich doch integrieren, will ich was rauskriegen.“

„Okay, okay“, beschwichtigte Marlon Smid und griff nach seiner Geldbörse, „ich hab verstanden. Wenn's beruflich war, gibt's natürlich Schmerzensgeld.“ Er überreichte Herrn Schweitzer einen Fünfziger.

Der noch immer gar arg Gebeutelte nahm ihn entgegen und sagte: „Ich geh uns mal was zu trinken holen, vorne beim Kiosk. Wenn ich in fünf Minuten nicht zurück bin, hat Tobi seine Entspannungsphase für beendet erklärt.“

„Na ja, der Schuss wird wohl nicht zu überhören sein. Viel Glück."

Am Kiosk wartete eine Überraschung auf ihn. Tobi vermittelte den Anschein einer geglückten Bekehrung: „Simon, ich glaub nicht, dass meine Frau mit so einem Lackaffen durchgebrannt ist. Wer ist das eigentlich? Will der jetzt auch noch hier wohnen tun?"

„Nee, Tobi. Das ist so ein doofer Geldeintreiber. Du weißt ja, wie das manchmal so läuft. Der ist bald wieder weg. Schmeiß mir mal vier Flaschen Cola rüber."

Und Herr Schweitzer verdiente sich seine ersten Sporen als Integrationsminister vom Campingplatz, indem er Tobi drei Hansa-Bier spendierte.

„Was ein Wetterchen. Ist das Leben nicht herrlich", sagte Marlon Smid bei seiner Rückkehr. Er saß auf den Paletten und sein Jackett hing über seinen Knien.

„Yeap. Kann man so sagen. Lass mal das Foto sehen."

Smid gab ihm einen Umschlag. „Sei vorsichtig. Mein Computerfreak hat sich mächtig ins Zeug geschmissen."

Das Foto sah aus, wie Fotos früher aussahen. Die Konturen waren nicht so scharf und es hatte einen leichten Farbstich. Konstantinos Tziolis saß auf einem Korbstuhl und hinter ihm stand eine Brünette mit hochgesteckter Haarpracht im weißen Blümchen-Bikini. Eine Hand hatte sie ihm auf die Schulter gelegt, in der anderen hielt sie ein Glas Schampus. Konstantinos wirkte um etliches älter als die Lady.

„Was willst du damit?"

„Ist nur ein Versuch", erklärte Herr Schweitzer. „Gestern wurden hier Urlaubsfotos herumgereicht. Ich dachte, ich versuch's halt mal. Kann ja nicht schaden. Vielleicht erkennt ihn jemand."

„Gute Idee", lobte Marlon Smid. „Zumal wir sowieso nicht weiterkommen."

„Gar nichts Neues?“

„Nö. Es ist, als wären die Gemälde vom Erdboden verschluckt worden.“

„Und was, wenn das ein Einbruch auf Bestellung war? Ich meine, dann tauchen die doch nie mehr auf. Irgendein Verrückter sammelt Originale und geilt sich an ihnen auf. So was soll ja vorkommen“, gab Herr Schweitzer zu bedenken.

„Klar. Damit ist zu rechnen. Dann wird die Versicherung halt zahlen müssen und ich gehe leer aus. So ist das eben. Berufsrisiko.“

„Wem sagst du das, wem sagst du das. Ich muss mir dringend was einfallen lassen von wegen des Risikofaktors Hansa-Bier“, überlegte Herr Schweitzer.

„Haben die nix anderes hier?“

„Doch. Korn.“

„Klingt nicht unbedingt nach dem Garten Eden.“

„Für die Leute hier schon. Ich glaube, zur Not würden die auch mit Quecksilber gemischtes Benzin trinken.“

Marlon Smid schüttelte den Kopf und blickte sich um. „Das ist schon ein komischer Campingplatz. Hier stehen ja mehr Baracken als Zelte und Wohnwagen.“

„Ja, irgendwie erinnert's mich an Slums und Favelas. Mit dem einzigen Unterschied, dass zumindest die sanitären Anlagen funktionieren.“

In dem Moment kam Heidi des Weges, von der Herr Schweitzer vermutete, dass sie für den morgendlichen Radau mitverantwortlich war – sie war die bislang einzige Frau, die er hier gesehen hatte. Sie schleppte schwer an einer schwarzen Sporttasche aus Plastik, die ihre besten Tage schon weit hinter sich hatte. Das Klirren und Scheppern ließ auf einen Großeinkauf beim Getränkeladen schließen. Ihre Schritte im Zickzackkurs verrieten einen ausgedehnten Frühschoppen, wo auch immer.

Marlon Smid konnte nicht anders. Mit weit aufgerissenen Augen starrte er Heidi nach. „Herr im Himmel, lass das ein Alien sein“, entfuhr es ihm.

„Träum weiter“, erwiderte Herr Schweitzer. „Noch ein paar weitere Jahre mit unserer Hartz-IV-Entwicklung, dann hast du solche Leute überall.“

Der Meisterdetektiv blickte abwechselnd Herrn Schweitzer und die mäandernde Heidi an, die noch gerade so eben eine Kollision mit der freistehenden Mülltonne verhindern konnte. „Du, Simon, nichts für ungut, aber ich muss jetzt gehen.“

Natürlich hätte sich Herr Schweitzer der Flucht gerne angeschlossen. Schon jetzt vermisste er seine Maria, das Kätzchen und sein Leben, das so ganz anders war als das hiesige Treiben. Vergessen wir dabei nicht das Weinfaß, seine Stammkneipe, in der edle alkoholische Getränke serviert wurden, die nicht gleich in Körperverletzungen kulminierten.

Als Marlon Smid fort war, entschloss sich Herr Schweitzer zu seinem ersten Rundgang über den Campingplatz, der sich längs ans Mainufer schmiegte.

Auch wenn er hier nie freiwillig sein Domizil aufgeschlagen hätte, so übte das Ambiente doch einen gewissen Zauber auf ihn aus. Viele Baracken und Bretterverschläge hatten etwas ursprünglich Primitives. Bei einigen konnte man die Spuren des letzten Hochwassers erkennen. Kurz vor dem Zaun, der den Platz am unteren Ende begrenzte, waren zwei Boote unterschiedlicher Größe zwischen Ligusterhecken abgestellt und mit der Zeit mit ihnen verwachsen. Schon seit Jahren kümmerte sich niemand mehr um sie. Über einen morschen Schemel hätte man in das kleinere Boot einsteigen können. Herr Schweitzer ging näher und strich über das Holz. Bei der geringsten Berührung blätterte noch mehr von der einst roten Farbe ab. Außer den ihm schon vom gestrigen Abend her bekannten Leuten zählte er sieben neue Gesichter. Unter anderem vier junge Punks, darunter auch ein Mädel. Sie hausten in einem ähnlichen Bauwagen wie Herr Schweitzer, nur viel baufälliger und mit Graffitis überzogen. Er grüßte höflich. Sie grüßten zurück.

Nach seinem Inspektionsgang entdeckte er im einzigen Schränkchen unter einem verdreckten Badetuch eine etwas angestaubte Hängematte. Er trug sie nach draußen und schüttelte sie aus. Eine Spinne zeigte sich auch nach ihrem Tode noch widerspenstig. Angeekelt schnippte Herr Schweitzer mit dem Finger nach ihr. Mehrere Versuche brauchte er, ehe sie ins Gras segelte. Dann schätzte er die Entfernung zur Kastanie. Er würde noch ein Seil brauchen, um sie zwischen Baum und Bauwagen zu befestigen. Es galt, sich auch in stürmischen Zeiten und an unwirtlichen Orten noch etwas vom Paradies zu sichern.

Und Fensterputzen war auch noch angesagt.

–

Während Herr Schweitzer am Main sein handwerkliches Können unter Beweis stellte, stand in Andorra der Conte vor einem Problem. Soeben hatte ihn die Nachricht erreicht, der Obstlaster sei kurz nach der französischen Grenze verunglückt.

Bis auf die von Pedro, dem Fälscher, verursachte Verzögerung, war bislang alles nach Plan verlaufen. Fast schien es, als sei ihnen das perfekte Verbrechen gelungen. Aber so ist das halt manchmal, die schwierigsten Dinge gelingen scheinbar mühelos und bei solchen, von denen eigentlich keine Probleme zu erwarten waren, unterlaufen die Pannen.

Nun war also der Laster, auf dem zwischen Obstkisten der falsche Holbein versteckt und der auf dem Weg zur Frankfurter Markthalle war, in einen Verkehrsunfall verwickelt. Der Schaden sei nur klein, die Fracht unversehrt, doch leider sei die Achse bei einem Ausweichmanöver über den Bürgersteig gebrochen und der Fahrer zur Beobachtung in ein Krankenhaus gebracht worden. Der Conte betrachtete seine sorgfältig gefeilten Fingernägel und dachte über mögliche Auswirkungen des Missgeschicks nach. Selbst wenn das Gemälde von Unbefugten entdeckt wurde, so glaubte er nicht, dass ein profaner Angestellter des Abschleppunternehmens genügend Kunstverstand aufbrachte, um einen Holbein zu erkennen. Trotzdem durfte er nichts riskieren. So, wie die Dinge standen, war es wohl am besten, den Spediteur, der die Sache eingefädelt und einen Batzen Geld bekommen hatte, anzurufen, um ihm seine Entscheidung mitzuteilen, dass er sicherheitshalber den Ersatzwagen bis nach Frankreich begleiten werde.

Er zog ein mürrisches Gesicht und ging zum antiken Telefon, einem Erbstück aus Onyx.

–

Man konnte Herrn Schweitzer nicht vorwerfen, er lerne nichts aus Fehlern der Vergangenheit. Schon einmal war er mitsamt einer Hängematte abwärts gesegelt. Das war zwar schon ein paar Jährchen her, aber noch so frisch in seinem Gedächtnis, als wäre es gestern erst passiert. Dementsprechend umsichtig ging er zu Werke. Nachdem er die Hängematte mittels einem von Jupp geborgten Seil an der Kastanie befestigt hatte, schaute er sich um. Doch nichts in seiner Reichweite schien für sein Vorhaben geeignet zu sein. Da fiel ihm der Sackkarren an der Rezeption ein.

Vollgepackt mit Hansa-Bier-Kartons kehrte er zurück. Nach und nach hievte er sie in die Hängematte. Herr Schweitzer schätzte, dass das Gewicht noch zu gering war, und legte den Ersatzreifen aus seinem Twingo dazu. Sicherheitshalber hob er die Hängematte etwa dreißig Zentimeter an und ließ sie dann los. Nichts passierte. Das Seil straffte sich, hielt aber der Belastung stand. Er ging ein paar Meter zurück, um zu überprüfen, ob sie einigermaßen gerade hing.

Als er mit abschätzendem Blick in der Sonne stand und sein Meisterwerk in Augenschein nahm, kam Tobi vorbei und sagte: „Das Bier hat's aber gut bei dir. Ich würde noch einen Sonnenschirm aufspannen, sonst schwitzt es. Und dann tut es nicht schmecken."

Herr Schweitzer konnte sich nicht vorstellen, in welchem Zustand man bei Hansa-Bier überhaupt von Schmecken reden konnte.

„Und? Was ist mit dem Geldeintreiber? Hat er die Mäuse von dir bekommen?"

„Wie denn?", entgegnete Herr Schweitzer, „greif mal einem nackten Mann in die Tasche."

„Wenn der das nächste Mal hier auftaucht und dir den Arsch aufreißen tut, sag mir Bescheid. Ich puste ihn dann weg."

„Ich weiß. Hab gehört, du hast eine Knarre."

„Aber klar doch, Kumpel. Hihihi." Mit einem verschmitzten Grinsen holte Tobi die Waffe aus dem hinteren Hosenbund und zeigte sie voller Stolz.

Herr Schweitzer trat näher, um sich das alte Schießeisen mal aus der Nähe anzusehen, schließlich bekam man nicht alle Tage die Gelegenheit auf einen Gratis-Lehrgang in antiker Waffenkunde.

Doch Tobi zeigte ihm die kalte Schulter: „Nee, nee. Nix da. Bin mir noch nicht sicher, ob du zu denen gehörst."

„Zu wem?"

„Na, zu denen eben."

„Ach so, zu denen."
„Genau."
Da Tobis kryptische Äußerung aber von einem begehrlichen Blick auf die gemütlich in der Hängematte schaukelnden Hansa-Bier-Kartons begleitet wurde, überkam Herrn Schweitzer eine vage Ahnung: „Magst du ein Bier? Ich geb eins aus."
„Och. Wenn du mich soo fragen tust ..."
Wie hatte er denn gefragt? Gab es denn überhaupt eine Möglichkeit, die Frage so zu formulieren, dass Tobi ein Hansa-Bier mit Entschiedenheit zurückgewiesen hätte? Wohl kaum, sagte sich Herr Schweitzer, griff in den Karton und überreichte Tobi eine Dose. „Hier. Lass es dir munden. Prost."
„Und du?"
Herr Schweitzer erschrak heftig. Das heimtückische Gift steckte ihm noch in den Knochen und war von der Leber noch nicht restlos abgebaut. Er hatte vor, sich noch ein paar Jährchen auf dieser Welt zu vergnügen. Hansa-Bier hatte in seinem Lebensplan keinen Platz. Die Geschmacksnerven hätten einen Krieg angezettelt. Und das teilten sie ihm auch mit, indem sie die Botschaft an die Magensäfte sandten, sich doch mal schnell zu übergeben. Mit eisernem Willen konnte er sich gerade noch beherrschen. „Ach nein, Tobi. Die Geschmäcker sind verschieden."
Tobi runzelte die Stirn, schien zu verstehen, sah erst konzentriert auf die Dose und dann zu Herrn Schweitzer. „Wie? Das Bier tut dir nicht schmecken? Aber wieso das denn? Tust du was am Magen haben?"
Dankbar nahm er den Ball auf: „Genau, Tobi. Mein Magen ist das reinste Schlachtfeld. Leber, Nieren, der Darm – alles kaputt. Mein Arzt sagt, wenn überhaupt, dann darf ich nur noch Wein trinken. Und davon ganz wenig. Zwei, drei Gläser am Tag, maximal."
Herr Schweitzer war mächtig stolz auf sich. Gerade eben

hatte er zwei Fliegen mit einer Klappe geschlagen. Erstens: Nie mehr Hansa-Bier. Zweitens: Ein leckeres Weinchen stattdessen. Und da er schon mal dabei war, nutzte er seine Glückssträhne: „Hab ich dir schon das Foto mit meiner Nichte gezeigt?“

Tobi: „Du tust eine Nichte haben? Ach, wie schön. Ich hab niemanden mehr.“ Um seiner mageren Familienbiografie ein wenig Trost zu spenden, nahm er einen tiefen Schluck aus der Dose. Daraufhin rülpste er.

Der Sachsenhäuser Detektiv kramte die von Marlon Smids Computerfreak angefertigte Fotomontage hervor und reichte sie seinem neuen verschrobenen Bekannten. „Hier. Das Foto hat sie mir mal aus dem Urlaub geschickt. Liegt schon eine Weile zurück, das Ganze.“

„Oh, hübsch, die Kleine“, war Tobis Kommentar.

Vergebens wartete Herr Schweitzer auf eine Bemerkung hinsichtlich des abgebildeten Tziolis. Allerdings glaubte er in Tobis Mienenspiel eine vage Unsicherheit zu erkennen. Ohne sich in sublimen Präliminarien zu verlieren, sagte er rundheraus: „Ja, und der Typ da, das war mal ihr Freund.“

Daraufhin streckte Tobi seine Hand aus, um das Foto aus einer größeren Distanz zu betrachten.

Währenddessen verharrte Herr Schweitzer wie die Katze vorm Mauseloch. Seine Körpersprache war frei von Ungeduld. Selbstbeherrschung gehörte schon immer zu seinen Stärken. Doch die jetzige Zerreißprobe brachte ihn an seine Grenzen, zumal Tobis Stirn intensives Nachdenken widerspiegelte.

Aber das verknöcherte Männlein ließ ihn zappeln. Ein fast unhörbares „Hm“ war das einzige, was von seinen Lippen kam.

Herr Schweitzer legte nach: „Marianne war damals in Griechenland, glaub ich.“

„In Griechenland, sagst du?“

„Ja. Und der Typ bei ihr, das war damals ihr Freund. Ein Grieche, glaub ich."

„Ein Grieche, sagst du?"

Herr Schweitzer war nahe am Verzweifeln. Sollte sich hier die erste Spur ergeben? Eine Spur, so unerwartet wie die unbefleckte Empfängnis? Eine Spur, die seine täglichen 200 Euro rechtfertigte? Das Warten machte ihm schwer zu schaffen. Nur mühsam konnte er sich beherrschen. Doch seine Zuversicht war ungebrochen: „Ja, ein Grieche."

„Weiß nicht", sagte Tobi, als er ihm die Fotografie zurückgab.

Das ausgekochte Schlitzohr bohrte nach: „Was tust du nicht wissen?"

„Ach, nur so."

„Was nur so?"

„Na, der Typ da. Kann sein, ich hab ihn schon mal gesehen", sprach Tobi endlich die erlösenden Worte.

Als Herr Schweitzer schon glaubte, die nächste Information betreffe diesen Campingplatz, auf dem Konstantinos Tziolis fast täglich ein- und ausgehe, kam die Ernüchterung.

Tobi fügte nämlich hinzu: „Kann aber auch nicht sein."

„Ja, was denn nun?" So langsam wurde es Herrn Schweitzer zu bunt mit diesem komischen Wicht. „Kennst du ihn, oder nicht?"

Doch das war ein Fehler, zurückzuführen auf mangelndes Fingerspitzengefühl seinerseits. Denn Tobi war schon immer ein misstrauischer Mensch gewesen. Er hatte ihn ja unlängst auch des Frauenraubs bezichtigt. Nun brachte Tobi seinen Kopf in Schräglage und beäugte den Neuen sehr eindringlich.

„Warum tust du das wissen wollen?", spie ihm Tobi vor die Füße. „Bist wohl doch einer von denen. Hab ich's mir doch gleich gedacht."

Das Sachsenhäuser Fossil Schweitzer wusste um die Endgültigkeit von Tobis Worten. Und auch, dass wenn er noch zudringlicher wurde, Tobis Mund für immer versiegte. „Ach, nur so. Hätte ja ein riesiger Zufall sein können. Das mit Mariannes Ex-Freund aus Griechenland, weißt du.“ Dann begann er, die Hängematte vom Ballast zu befreien.

Tobi nahm sich noch ein Hansa-Bier, „Ich tu mir noch eins nehmen“, und zog davon.

Nachdenklich sah ihm Herr Schweitzer hinterher und fragte sich, ob man das jetzt als Spur deuten konnte oder nicht. Sicher war er sich nicht. Er musste nachdenken. Und zwar dringend. Das ging am besten, wenn man alles aus sich und der aktuell vorhandenen Umgebung herausholte.

Keine Minute später schaukelte Herr Schweitzer in der Hängematte und ließ das Gespräch mit Tobi noch einmal Revue passieren. Zur körperlichen wie geistigen Erfrischung stand eine Cola in Reichweite auf dem Boden. Der Main lag flankiert von Bäumen und Sträuchern in seinem Blickfeld und strömte die gewohnte Ruhe aus. Nur der Verkehrslärm der oben entlang führenden und das Areal begrenzenden Straße störte ein wenig, war aber nicht zu ändern.

So sehr sich Herr Schweitzer auch in Tobis Worte und Mimik während des Gesprächs vertiefte, so sehr lief alles auf ein Unentschieden raus: Kann sein, kann aber auch nicht sein. Klar war nur, dass bei Tobi etwas im Oberstübchen nicht stimmte und sein Biermissbrauch weit über der Norm lag.

Und während Herr Schweitzer sich weiter in die Materie vertiefte, insbesondere das weitere Vorgehen, wurden die Augenlider immer schwerer und schwerer, bis sie zu schwer waren. Man kann ja auch mit geschlossenen Augen nachdenken, dachte er noch kurz.

Geweckt wurde er eine halbe Stunde später von Jupps Stimme: „Sag mal, Simon, wolltest du mir nicht die Bierkartons umgehend zurückbringen? Tobi und die Punks ham Durst. Oh, sorry, hab ich dich geweckt?"

Oh ja, dachte Herr Schweitzer verdrießlich, sagte aber: „Quatsch, ich hab doch bloß gedöst."

„Bleib liegen. Ich mach das schon", bot Jupp an.

Herr Schweitzer wollte aber, nun da er es sich bereits mit Tobi verscherzt hatte, nichts anbrennen lassen und richtete sich auf, um sich aus der Hängematte zu schälen und Jupp beim Stapeln zu helfen. Das sah auch ganz gut aus. Behände und wie jemand, dem der Hängemattenumgang mit in die Wiege gelegt worden ist, holte er Schwung. Das erste Bein fand sicheren Halt, das zweite brachte die Cola-Flasche ins Wanken. Mit der Hand wollte er sie blitzschnell auffangen. Da aber so eine Hängematte alles andere als statisch ist, zumal sie ja gerade erst durch Herrn Schweitzers nicht unbeträchtliches Gewicht zum Schwingen gebracht worden war, streifte seine Hand den Flaschenhals und brachte sie endgültig zum Kippen. Die dunkle Flüssigkeit versickerte sofort im Gras. „Verflixt und zugenäht", gab der Detektiv von sich.

„Ist doch nicht schlimm", versuchte Jupp zu trösten. „Cola hab ich noch genug. Die trinkt hier eh fast keiner. Nur morgens manchmal, wenn der Kater ruft."

Doch Herr Schweitzer war sauer auf sich, schließlich passierte ihm das dauernd. Im Geiste sah er sich bereits einen kleinen Tisch konstruieren, der sich im geschwungenen Bogen irgendwie um die Hängematte schmiegte, sodass Gläser und Flaschen darauf Platz fanden und nicht permanent von so dabbischen Personen wie ihm im Stundentakt umgeworfen werden konnten. Er fragte sich, ob solch eine Konstruktion bereits erfunden und irgendwo käuflich zu erwerben war. Auf die

Dauer war das bestimmt billiger, als laufend Getränke zu verschütten. Herr Schweitzer konnte sich jedoch nicht daran erinnern, jemals ein derartiges Kleinmöbelstück auf dem Markt gesichtet zu haben. Sein Pioniergeist war geweckt. Er sah sich bereits zum Patentamt marschieren, um diese sensationelle Erfindung anzumelden. Im großen Stil würde die Produktion von Hängemattenbeistelltischen anlaufen. Vom Luxusmodell aus Tropenholz mit verchromten Getränke- und Handtuchhaltern bis hin zur abgespeckten Version aus Kiefernholz würde die Produktpalette reichen.

Herr Schweitzer war begeistert von sich. Er durchforstete sein Gedächtnis nach Möbelschreiner aus seinem Bekanntenkreis, die kompetent genug waren, eine Serienproduktion auf die Beine zu stellen. Der Hängemattenbeistelltisch de luxe sollte natürlich den Markennamen Simon Schweitzer erhalten. Und der musste selbstverständlich auf dem Produkt auch zu lesen sein. Eventuell ließe sich da mit Buchstaben in Perlmutt, eingelassen auf der Abstellfläche oder im Fuß, etwas machen. So würde sein Name einen Siegeszug um die Welt antreten. Der Erlös würde es ihm gestatten, noch viel öfter in Hängematten zu liegen. Das gehörte dann quasi zum Beruf dazu, denn neue Modelle mussten einem Praxistest unterzogen werden. Und wer sollte dafür besser geeignet sein als der Daniel Düsentrieb der Moderne höchstpersönlich? Rosige Zeiten sah er auf sich zukommen.

Dergestalt in rosigen Zeiten schwelgend überhörte Herr Schweitzer fast Jupps bahnbrechende Äußerung. „Hä?", fragte er nach.

„Konsti ... sagte ich."

Herr Schweitzer verließ sein Wolkenkuckucksheim aus ausschweifenden Fabrikhallen mit Gleisanschluss und Dutzenden von LKW-Rampen und warf einen Blick auf Jupp. Der hielt das Foto mit Marianne in der Hand und betrachtete es. Noch immer nicht die Tragweite erkennend antwortete er: „Nee, das ist nicht die Konsti, das war damals in Griechenland."

„Spinnst du? Das weiß ich selber, dass das nicht die Konsti ist. Seit wann reicht das Meer bis zur Konsti? Und dass das nicht der Main ist, erkennt wohl auch ein Blinder mit Krückstock."

Dass es Herr Schweitzer immer noch nicht schnallte, war seinen intensiven Spinnereien betreffs Hängemattenbeistelltischen geschuldet. Die Konstablerwache in Hibbdebach wird nämlich von den Einheimischen so genannt: Konsti. Und dass Jupp die Konsti als solche auf einem Foto erkennen dürfte, war eigentlich für Menschen mit Durchblick sonnenklar. Da Herr Schweitzer im Moment jedoch nicht zu dieser Gattung gehörte, war seine nächste Äußerung auch weiterhin bar jedweden Verstehens: „Wieso sagst du dann Konsti, wenn du doch weißt, dass es nicht die Konsti ist?"

Inzwischen war Jupp mit dem Stapeln fertig. Den rechten Fuß als Hebel einsetzend kippte er die Sackkarre. „Der Typ da. Der Typ auf dem Foto, das ist der Konsti. Nicht *die* Konsti. *Der* Konsti. Ich muss jetzt los. Tobi und die Punks lynchen mich sonst. Soll ich dir ein Hansa-Bier dalassen?"

„Nein, danke", wehrte Herr Schweitzer den Überraschungsangriff gekonnt ab.

Erst als Jupp die paar Meter zum Kiosk zurückgelegt hatte und Bier an die Meute verteilte, schlug der Geistesblitz bei Herrn Schweitzer ein. Logo, klar, Mann, bin ich blöd, murmelte er. Konsti. Konstantinos. Konsti gleich Konstantinos und ungleich Konstablerwache. Umgehend brachte er die Bänder der Hängemattenbeistelltischproduktion zum Stillstand und eilte an die Rezeption.

–

Zur gleichen Zeit, als Herr Schweitzer in Dribbdebach sein Erweckungserlebnis hatte, saß Konstantinos Tziolis, kurz Konsti genannt, mit seinem Kumpel keinen Kilometer weiter auf der anderen Mainseite im Gutleutviertel in einer Kaschemme am Tresen und trank Kaffee. Benny, so hieß der Kumpel, und Konsti waren noch immer sehr verärgert. Erst die wochenlange Verzögerung durch diesen Idioten von Fälscher und jetzt auch noch ein Autounfall. Das Lösegeld hätte schon längst in ihrem Besitz und Konsti mit seiner kroatischen Freundin unter Palmen auf einer kleinen griechischen Insel am Strand liegen sollen.

Konsti steckte das Handy, auf dem vor ein paar Minuten der Anruf des Mittelsmannes eingegangen war, wieder in die Hemdtasche. Ein großer Seufzer entfuhr ihm. Traurig sah er auf die braunen Zuckerreste in der Tasse. Ein Leben als Meisterdieb hatte er sich anders vorgestellt. Bald sollte der Holbein ausgetauscht werden. Bis dahin musste er sich noch gedulden. Das hieß weiterhin Warten, Warten und nichts als Warten. Und dann war ja auch noch nicht klar, wie lange es dauerte, bis sie das Lösegeld für die drei Kritzeleien, wie er die Gemälde abschätzig nannte, kassiert hatten.

Was aus Benny wurde, interessierte ihn nicht die Bohne. Benny war einfach nur doof. Ein Kleinkrimineller der unterbelichteten Sorte. Jemand, der ein Fahrradschloss knackte, das Schloss mitnahm und das Fahrrad stehen ließ. Die meiste Zeit seines noch jungen Lebens war Benny eingebuchtet gewesen. Die Frankfurter Polizei hatte ihre helle Freude an ihm. Wurde irgendwo im Stadtgebiet eine Straftat dilettantisch ausgeführt, stand der Name Benny ganz oben auf der Liste, sofern er gerade mal auf freiem Fuß war. Und die Trefferquote bei Benny war extrem hoch. Eine Besserung war auch nicht in Sicht. Weder was die grundsätzliche Abkehr von der kriminellen Laufbahn betraf, noch was die Qualitätssteigerung seiner Gaunereien anging. Aber Benny war nützlich gewesen, denn Benny hatte bombastische Muckis. Konsti wusste, ohne seines Kumpels Tatkraft wäre er noch immer mit den Tunnelarbeiten zum Städel beschäftigt. Kennen gelernt hatte er ihn über den Mittelsmann, der sich Joey nannte und über den er so gut wie nichts wusste, außer dass er Deutscher war und über gute Kontakte zur Unterwelt verfügte.

An Benny war nicht alles schlecht. So schätzte Konstantinos Tziolis zum Beispiel dessen Wortkargheit. Kaum ein Tag in den letzten Wochen ihrer erzwungenen Koexistenz, an dem mehr als zehn Sätze seinen Lippen entströmt waren.

Konsti unterbrach die Ruhe: „Jetzt müssen wir noch zwei Tage länger hier rumhängen."

„Ja."

„Und dann noch die Zeit, bis wir die Mäuse haben."

„Ja."

Der Wirt, altersmäßig irgendwo zwischen geriatrischem Pflegeheim und Urne angesiedelt, war am Tresen eingeschlafen. Seit über fünfzig Jahren stand er tagein, tagaus Punkt sechs in der Früh hinterm Zapfhahn. Mit dieser reifen Leistung hatte er es schon bis in die Tageszeitung BLÖD geschafft.

–

Herr Schweitzer musste sich erst einmal beruhigen. Viel zu schnell war er zur Rezeption geflitzt.

„Du schon wieder", lautete Tobis Begrüßung.

Natürlich wollte der Sachsenhäuser Gelegenheitsdetektiv umgehend mit der Befragung Jupps bezüglich des verschollenen Griechen loslegen. Aber das ging ja nicht. Zum einen durfte seine Legende nicht auffliegen, zum anderen waren mit Tobi und den Punks zu viele Unbefugte anwesend, die aus einem nassforschen Auftreten Herrn Schweitzers vielleicht die falschen, respektive richtigen, für ihn aber unangenehmen, Schlüsse gezogen hätten. Und dass der Konsti gewarnt wurde, musste stringent verhindert werden, wollte er seine Mission nicht leichtfertig aufs Spiel setzen. „Ja, ich schon wieder. Jupp, eine Cola bitte."

Herr Schweitzer tat, als langweile er sich. Das konnte er ausgezeichnet. Hin und wieder nippte er an seinem Getränk, ansonsten schaute er mal auf seine Füße, mal zum Main oder einfach nur völlig abwesend in die Luft. Tobi war innig mit seiner Bierdose beschäftigt und die Punks unterhielten sich über einen bevorstehenden Auftritt, wobei unklar blieb, ob als Zuschauer oder Akteure. Einer der Punks, das Mädchen mit dem lila-metallic gefärbten Kurzhaarschnitt, stand in verdreckten löchrigen Strümpfen herum und Herr Schweitzer dachte, dass Strümpfe in die Wäsche gehören, bevor sie beim Fallen zerbrechen. Er bildete sich ein, einen leichten Käsegeruch wahrzunehmen. Obwohl er gelegentlich gerne Punkmusik hörte und selbst auch nicht zu der Gattung Mensch gehörte, der man einen übertriebenen Ordnungssinn nachsagen konnte, so fand er doch das gemeine Punkdasein als wenig erstrebenswert. Zwar wusste Herr Schweitzer nicht viel über deren Lebensweise, aber das, was er wusste, reichte ihm. Er liebte sein Bett, das Dach über dem Kopf und das Geld, das er stets einstecken hatte und ihm erlaubte, wann immer ihm danach war, eine köstliche Mahlzeit zu vertilgen. Apropos Mahlzeit: Herr Schweitzer hatte Hunger. Und das trotz des Qualitätsdefizits der angebotenen Lebensmittel. „Jupp, wann schmeißt du denn den Grill an?"

„Haste Hunger?"

„Ja."

„Normalerweise erst am Abend, so wie gestern. Aber,

Kinners“, rief Jupp den Punks zu, „will einer von euch auch eine Wurst? Jetzt?“

Herr Schweitzer kannte die Klischees. Da aber Klischees nicht immer Klischees, sondern manchmal auch begründete Realitäten waren, überraschte es ihn nicht, als das Mädchen rotzfrech reagierte: „Klar, wenn der spießbürgerliche Fascho da einen ausgibt.“

Das war ein vernichtender Schlag, doch auch Herr Schweitzer war nicht aufs Maul gefallen: „Faschos nein danke! Aber wenn du mit spießbürgerlich meinst, dass ich jede Woche meine Socken wechsle, dann liegst du richtig.“

Für Herrn Schweitzer völlig überraschend errötete die Punkerin und blickte auf ihre löchrigen Strümpfe. Bis dato hatte er gedacht, Punks seien immun gegen sämtliche Äußerungen von Spießbürgern. Und da ihr Erröten kein Ende nehmen wollte, überkam ihn das Mitleid. „Schon gut. Der Spießbürger Simon gibt eine Runde Wurst aus. Tobi, du auch?“

„Lieber noch ein Bier, Fascho.“ Tobi grinste.

–

Eine Stunde später und nach einer weiteren Runde Bratwurst hatten sich die Punks verzogen. Herr Schweitzer schätzte mal so grob, dass dies die erste warme Mahlzeit seit Langem für die schrillen Vögel gewesen war. Nun hatte er freie Bahn, zumal auch Tobi nach drei zusätzlichen, vom Fascho Schweitzer geschnorrten Hansa-Bieren im Liegestuhl vor der Rezeption weggedämmert war. Der obligatorische Speichelfaden säumte sein Kinn.

Ohne groß auf subtil einleitende Worte zurückzugreifen, fragte Herr Schweitzer Jupp rundheraus nach diesem Konsti. Viele Informationen bekam er nicht, denn Konsti sei laut

Jupps Bericht nur sehr, sehr selten hier gewesen und das letzte Mal sei auch schon ein paar Wochen her. Aber sein Kumpel Benny habe dort hinten einen blauen Holzschuppen gemietet, die Nummer 9, wenn er, Simon, es genau wissen wolle. Aber auch der Kumpel sei hier schon ewig nicht mehr aufgekreuzt, was aber nix mache, schließlich habe er den Schuppen auf drei Monate im Voraus gemietet und auch gleich bar bezahlt. Für ihn, Jupp, werde die ganze Sache erst wieder aktuell, wenn der Mietvertrag auslaufe, bis dahin mische er sich nicht in fremde Angelegenheiten. Das habe er schon immer so gehalten und sei damit auch bestens gefahren. „Wieso interessierst du dich eigentlich für Konsti? Hat der deiner Nichte was getan?"

„Nö", wandte sich Herr Schweitzer, „das nicht. Nö. Oder, na ja, du weißt ja, wie solche Beziehungsgeschichten von jungen Leuten so manchmal laufen ... Bin halt doch ein bisschen neugierig von wegen dem Zufall, dass Konsti nach so vielen Jahren ausgerechnet hier ..."

„Ja, ja, Zufälle gibt's, die gibt's gar nicht", entgegnete Jupp und legte sich ein extrem lecker aussehendes Steak auf den Grill.

„Du hast auch Steaks?", fragte Herr Schweitzer neugierig, denn die Bratwürste hier gehörten doch eher in die Kategorie Tiernahrung. Aber dieses Steak dort ...

„Nur auf Bestellung, ist doch logo. Ist auch viel zu teuer für die Leute hier. Ganz andere Preisklasse, wenn du weißt, was ich meine."

Herr Schweitzer wusste. Und er wusste auch, dass er jetzt den Jupp besser nicht weiter mit Fragen löchern sollte, sonst wurde der noch misstrauisch. Und selbstverständlich bekam er auch ein appetitliches Steak serviert, nachdem er die sechs Euro hatte berappen können.

Während des Verzehrs warf er noch einige Male begehrliche Blicke auf das Gästebuch, in das die Neuankömmlinge eingetragen wurden. Dort würde bestimmt auch der komplette Name dessen stehen, der den Schuppen Nummer 9 angemietet hatte. Bestimmt.

Bevor sich Herr Schweitzer vom Acker machte, öffnete Tobi die Augen und sprach: „Der Konsti war komisch.“

Der Undercover-Agent, überrascht davon, was das kleine Männeken so alles mitbekam, fragte: „Wieso?“

„Dem hat unser Bier nicht geschmeckt.“

„Oh.“

–

Nach einer Weile in der Hängematte, in der er die neuen Informationen verdaute und einordnete, überkam ihn so eine Art Tatendrang. Gerne hätte er sich jetzt den Schuppen Nummer 9 mal genauer angesehen, was aber zu diesem Zeitpunkt viel zu auffällig gewesen wäre. Ergo verschob er sein Vorhaben auf den späteren Abend.

Das Reinigen von Fensterscheiben war an sich eine Angelegenheit von wenigen Minuten. Ausufernd wurde der Vorgang erst, wenn es sich um eine Scheibe handelte, die seit ihrem Einbau außer mit Regenwasser mit keiner anderen Flüssigkeit mehr in Kontakt gekommen war. Diese Erfahrung machte nun Herr Schweitzer. Obwohl er nicht als Putzteufel zur Welt gekommen war und ein Fenster für ihn bereits dann als tipptopp sauber galt, wenn sich beim Durchgucken die Tageszeiten in etwa bestimmen ließen, wurde er von der Hartnäckigkeit des Schmutzes in seinem Putzwahn doch arg angespornt.

Immer und immer wieder verteilte er Shampoo – etwas anderes hatte er nicht zur Hand – auf dem Glas, ließ es bis zu fünf Minuten einwirken und entfernte die nächste Dreckschicht. Geschlagene sieben Mal wiederholte Herr Schweitzer diesen Vorgang. Dann erst war er zufrieden.

Das Problem, das sich nach getaner Schufterei nun offenbarte, war leicht zu beheben. Das Fenster war durchsichtig. Also fehlte ein Vorhang. Herr Schweitzer wusste auch hier Rat. Ersatzweise hängte er von innen ein Handtuch davor.

Hochzufrieden mit sich und der Welt hievte er seinen Prachtkörper zurück in die Hängematte. Das mit dem Hängemattenbeistelltisch verschob er auf den nächsten Tag. Denn wer zu viel auf einmal will, wird meist bitter bestraft. Außerdem leidet bei Akkordarbeit die Qualität. Das ist gemeinhin bekannt. Auch Herrn Schweitzer. Eingedenk der vorangegangenen schweißtreibenden Tätigkeit verwunderte es kaum, dass seine Augen bereits geschlossen waren, kaum dass er sich nochmals ausführlich gelobt und seinen Bauch getätschelt hatte.

–

Auf der A9 war es ab der französisch-spanischen Grenze nur ein Katzensprung bis Perpignan gewesen. Dank des Navigationsgeräts hatten sie den Service de dépannage der Gebrüder Petix in der Avenue de Prades auf Anhieb gefunden.

Dem Conte waren mehrere Steinbrüche vom Herzen gefallen, als er die Unversehrtheit des gefälschten Holbein festgestellt hatte. Nicht einmal einen Kratzer hatte die Holzverschalung abbekommen. Lediglich ein paar Saftspritzer aufgeplatzter Orangen waren auf der Verpackung zu erkennen. Das war wohl Glück im Unglück gewesen, sagte er sich und dankte einem ihm namentlich nicht bekannten Gott der Fälschungen.

Auch wenn seine Familie nichtkatalanischen Ursprungs

war, so kannte der Conte diesen Menschenschlag doch in- und auswendig. Trotzdem war er überrascht, mit welch derben Worten er von einem Angestellten des Abschleppunternehmens zur Mitarbeit aufgefordert wurde. Ins Hessische übersetzt lautete es in etwa wie folgt: *Wenn der feine Pinkel da net sofort seinen Arsch bewescht und mit anpacke tut, dann schmeiß ich'em all die Oranschekiste uff saan Kopp und dann kann er ma gucke, wie saa komisch Fress un Frisur danach aussehe tut. Ich kanns net glaube, steht da un guckt Löscher in die Luft, dem gebb ich's gleich, aber wie!*

Was blieb dem armen Conte also anderes übrig, als beim Umladen der Fracht auf den Ersatz-LKW behilflich zu sein? Nichts! Er zog sein teures Seidenjackett aus, krempelte die Ärmel seines Boss-Hemdes hoch und packte mit an.

Nach anderthalb Stunden – er hatte sogar auf die Zigarettenpause mit den Anderen verzichtet – war das Werk vollbracht. Sein Boss-Hemd taugte allenfalls noch als Putzlappen, seine teuren italienischen Lederschuhe – 450 Euro Freundschaftspreis – waren selbst vom besten Schuster der Welt nicht mehr zu retten, doch der LKW samt dem Holbein zwischen den Obstkisten stand abfahrbereit auf dem ölverschmierten rissigen Betonboden.

Außer Atem und wohl wissend, dass er um einen äußerst brutalen Riesenmuskelkater nicht herumkommen würde, blickte Durchlaucht dem Laster hinterher. Wie ferngesteuert schleppte er sich in den schäbigen Aufenthaltsraum, um sich noch zwei Tassen Kaffee einzuflößen.

Des Contes Hoffnung, hernach ginge es ihm ein bisschen besser, erfüllte sich nicht. Höllisch schmerzte jeder einzelne Knochen. Nicht blau, sondern rot wie bei jedem anderen Normalsterblichen auch, war die Farbe des Blutes, das aus den aufgeplatzten Blasen seiner Hände sickerte. Doch er tröstete sich mit dem Gedanken, der echte Holbein würde bald der Seine sein.

–

Als die Farben Rot, Gelb und Lila eine surreale Abenddämmerung an den Himmel zauberten, saß Herr Schweitzer vor seiner freiwilligen Notunterkunft. Vor Kurzem hatte er ein Loch in seinem Strumpf entdeckt. Mit einem kleinen Taschenmesser schnitt er weitere Löcher hinein. Sie mussten eh weggeschmissen werden, da er zwar nähen, aber nicht stopfen konnte.

Während dieser destruktiven Tätigkeit behielt er stets die Rezeption im Auge. Er spekulierte darauf, Jupp Wachtelau möge sich mal für länger entfernen, damit der Weg für ihn frei wäre, einen Blick ins Melderegister zu werfen. Aus detektivischem Kalkül heraus war er sehr daran interessiert, wie dieser Benny, der den Schuppen Nummer 9 angemietet hatte, mit richtigem Namen hieß.

Doch dazu kam es nicht. Jupp entfernte sich nie mehr als ein paar Meter von seinem Arbeitsplatz. Außerdem war da noch der Tobi, der sich im Liegestuhl ein Hansa-Bier nach dem anderen reinpfiff.

Als Cleverle hatte Herr Schweitzer aber noch Plan B in petto. Dieser hatte etwas mit den Strumpflöchern zu tun, die einzig und allein der Anbiederung dienen sollten. Ein weiterer Bestandteil dieses Plans war auch der Joint, den er nun drehte. Hierfür verwendete er das in reinem Haschöl gebadete Dope von Marlon Smid.

Die Sonne war längst verschwunden und das Thermometer stagnierte weiterhin jenseits der 30-Grad-Marke, als Herr Schweitzer die Illusion begrub, ein Blick ins Gästebuch würde ihm noch heute vergönnt sein.

Auf löchrigen Strümpfen und mit dem Zauber-Zigarettchen in der Tasche schlenderte er scheinbar ziellos drauflos. Nun hieß es zu eruieren, woher der Wind wehte. Gar nicht so einfach bei absoluter Windstille. Zuerst ging's zum Main, wo Knobel-Harald und Jägermeister träge auf einer Decke saßen und, Achtung, jetzt kommt's: Wasser tranken. Wasser! Kein Kirschwasser. Richtiges Wasser. Herr Schweitzer grüßte kurz und verdattert.

„Du hast ein Loch im Strumpf", bemerkte Knobel-Harald.

„Mehrere", sekundierte Jägermeister.

Herr Schweitzer hätte nun darauf hinweisen können, dass die fett- und schweißbefleckten Shirts der beiden auch nicht gerade für einen Neujahrsempfang beim Bundespräsidenten taugten, aber er verkniff es sich und tat stattdessen erstaunt: „Oh. Da muss ich mir wohl bald mal neue kaufen, wenn ich wieder Kohle hab."

Jägermeister: „Apropos Kohle. Du kannst uns nicht zufällig einen Zehner leihen?"

„Sorry, Jungs, bin selbst ein wenig klamm. Aber ihr könnt zum Jupp gehen und ein Bier auf meine Rechnung trinken. Sagt ihm, ich zahle morgen."

Wie von der Tarantel gestochen schossen Jägermeister und Knobel-Harald in die Höhe und spurteten zur Rezeption.

Aha, dachte Herr Schweitzer, das Wasser war wohl bloß ein halbherziges Ausweichmanöver und hatte nichts mit einem frisch erworbenen Gesundheitsbewusstsein zu tun. Er setzte seinen Rundgang fort. Gelegentlich spähte er dabei zum Bauwagen der Punks, die im Gras davor herumlungerten und keinerlei Spuren von Aktivität zeigten. Aus ihrem Ghettoblaster waren dezent die Klänge ihrer Lieblingsmusik zu vernehmen.

Zur Verschleierung seiner wahren Absichten spazierte Herr Schweitzer noch bis zum unteren Ende des Campingplatzes, ehe er umkehrte und sich mit dem Rücken zu den Punks auf dem Stumpf einer einstmals prachtvollen Buche niederließ.

Und als schon gar nicht mehr damit zu rechnen war, zeigte sich Äolus von seiner Schokoladenseite. Eine feine, fast unmerkliche Brise wehte vom anderen Ufer herüber. Herr Schweitzer entzündete sein Zauber-Zigarettchen.

Keine Minute später klopfte ihm jemand von hinten auf die Schulter. Er drehte sich um und blickte in das Gesicht des Mädels mit dem metallic-blauen Irokesenschnitt, in der Punk-Branche auch kurz als Iro bezeichnet.

„Das duftet ja toll bei dir."

Herr Schweitzer wortkarg: „Gelle."

„Magst du nicht zu uns kommen. Wir haben auch Bier", lockte sie. „Richtiges Bier."

Nun war er doch erstaunt: „Richtiges?"

„Wenn ich's dir doch sage."

Und in der Tat, ein Kasten Bitburger Premium Pils stand wie eine Trophäe auf einem Schemel zwischen ihnen. Nach der desaströsen Hansa-Bier-Erfahrung klang das wie eine Offenbarung. Sofort bekam er eins in die Hand gedrückt. Herr Schweitzer zog noch mal ganz kurz an seinem Joint, bevor er ihn auf die Reise schickte.

Das Iro-Mädel: „Wenn ich kurz vorstellen darf", sie zeigte reihum, „Blümchen, Bär und Ratte. Und ich bin die Ina." Dann deutete sie auf seine Strümpfe: „Warst du auch mal Punk?"

„Der ist doch viel zu alt", spottete Blümchen. Dann zog er am Joint.

Ina: „Im Rechnen warst du noch nie gut."

„Wieso?"

„Weil es Punks schon seit Jahrzehnten gibt, du Trottel", dozierte Ina. „1975 wurden die Sex Pistols gegründet. Da guckst du, was?"

Blümchen zog seine Stirn kraus. Es war nicht zu übersehen, dass er sich beim Nachrechnen mächtig anstrengte.

„Na ja, nicht direkt. Aber ich hab ein paar CDs von den Ramones, Clash und den Straßenjungs. Letztere kommen ja aus Frankfurt", machte Herr Schweitzer weiterhin einen auf dicker Kumpel. Das Zauber-Zigarettchen hatte inzwischen die Runde gemacht und war wieder bei ihm gelandet.

„Echt gut, das Zeug", meldete sich der, der sich Bär nannte, obwohl er eher einer Bohnenstange glich, das erste Mal zu Wort.

Wart's nur ab, dachte der Neu-Alt-Punker Schweitzer, bis sich die volle Dröhnung entfaltet hat. Er selbst hatte wohlweislich nur schwach inhaliert, Erfahrungswerte hatten ihn vorsichtig werden lassen. „Na, dann dreh ich besser noch einen."

Alles lief nach Plan. Bald würden sie in den Seilen hängen wie weiland die Gegner Muhammad Alis. Herr Schweitzer bröselte gar arg viel von dem Zeug hinein. Nett war das nicht, aber er hatte ja eine Mission.

Allesamt hatten weniger drauf, als er vermutet hatte. Bereits zehn Minuten, nachdem der letzte Zug genommen war, lagen die Punks ineinander verkeilt auf dem Rasen. Ina in den Armen von Ratte und Bär schnarchte mit dem Kopf im Schoß von Blümchen. Herr Schweitzer nahm sich noch ein richtiges Bier aus dem Kasten und wartete, ob nicht doch noch einer von ihnen plötzlich erwachte.

Nichts Dergleichen geschah. Als er sich sicher sein konnte, dass ihn keiner der anderen Campingplatzbewohner beobachtete, schlich sich Herr Schweitzer hinter den Bauwagen der Punks, wo sich Schuppen Nummer 9 befand.

Natürlich war er mit einem Vorhängeschloss gesichert. Alles andere wäre auch zu schön gewesen. Doch Herr Schweitzer war gerüstet. Mit seiner kleinen Digitalkamera schoss er ein Foto vom goldfarbenen Schloss der Marke ABUS.

Viertel vor zwölf, also kurz bevor Herr Schweitzer sich zum Pennen in den Bauwagen verzog, kam noch Tobi, voll wie ein Eimer, des Weges. An der Mülltonne fiel er um, rappelte sich mühsam wieder auf und torkelte endgültig zu seiner kleinen Hütte. Gerne hätte Herr Schweitzer noch zugesehen, wie Tobi das Schlüsselloch suchte. Aber, was soll's, dachte er, und ging hinein. Bei diesem Wetter konnte Tobi ja schlecht erfrieren.

–

Das erste Mal erwachte er am nächsten Morgen um halb neun und wollte eigentlich aufstehen. Doch ehe sich Herr Schweitzer versah, war er wieder eingeschlafen. Dasselbe passierte eine Stunde später noch einmal.

So kam es, dass er nicht von der Sonne aus seinen Träumen gerissen wurde, sondern von Maria. Sie klopfte an der Tür.

Schlaftrunken öffnete er. „Du?"

„Ja, ich. Hab ich dich geweckt?"

„Ach, geht schon."

„So wie du ausschaust, frage ich mich, was schon geht?"

Herr Schweitzer zog eine Schnute und richtete sich die Haare, als wäre das ein Zeichen, dass nun alles geht.

Maria trat ein und blickte sich neugierig um. „Hier wohnst du also? Na ja, solange das Bett in Ordnung ist, wird sich mein Schatz wohl kaum beschweren." Sie gab ihm einen Kuss auf die Wange.

Man sieht, Maria kannte ihren Schnucki.

„Oh, das Bett ist schon in Ordnung."

„Und was ist nicht in Ordnung?"

Herr Schweitzer wusste, was sich gehört: „Du fehlst mir."

„Das will ich meinen. Du mir auch."

Sein Primärbedürfnis allerdings war das Benetzen seiner pelzigen Zunge mit einer kühlen Flüssigkeit. Er griff nach der Wasserflasche und trank. „Oh Mann, schmeckt verdammt schal."

Maria: „Übrigens, wir gehen nächsten Sonntag brunchen."

„Jetzt wäre mir lieber."

„Auch fein. Ich könnte noch was vertragen. Willst du nicht wissen, wo wir am Sonntag brunchen?"

Obschon Herr Schweitzer kein ausgesprochener Morgenmuffel war, so brauchte es doch immer seine Zeit, bis er auf Touren kam. „Doch. Wo?"

„Beim Mogk."

Mogk's Bierstube in der Gutzkowstraße, fast am Schweizer Platz, gehörte neben dem Weinfaß seit Neuestem zu ihren bevorzugten Abendaktivitäten.

„Das ist gut. Wo gehen wir frühstücken?"

„Ich kenne mich in Niederrad leider nicht aus", übergab Maria den Schwarzen Peter ihrem Liebsten.

„Ich auch nicht. Wir laufen am besten zur Bruchfeldstraße, da wird sich schon was finden. Ich muss nur noch kurz meinen Chef anrufen." Herr Schweitzer griff nach seinem Handy und wählte.

„Dein Chef bin ich. Oder hast du eine Neue?"

Herr Schweitzer glotzte ähnlich intelligent wie George Bush junior, als ihn die Nachricht vom World-Trade-Center-Crash erreichte. Nur nicht ganz so lange.

Bevor ihm eine passende Antwort einfiel, hörte er Smids Stimme. So kurz nach dem Aufstehen war er natürlich noch nicht multitaskingfähig. Er konzentrierte sich auf Marlon.

Dieser teilt ihm jedoch mit, er, Herr Schweitzer, möge ihm das Foto vom ABUS-Schloss über sein Handy zusenden, er könne es dann schon mal seinem Spezialisten zeigen.

„Geht nicht", erklärte Herr Schweitzer, „ich habe es mit

meiner Kamera aufgenommen." Damit war er fein raus, denn das technische Know-how, ein per Handy geschossenes Foto über selbiges zu versenden, fehlte ihm gänzlich.

Also versprach er, die Kamera in etwa zwei bis drei Stunden ins Büro an der Hauptwache zu bringen.

„Was ist denn mit deinen Strümpfen passiert?", wollte nun Maria wissen, nachdem er das Gespräch mit dem Meisterdetektiv beendet hatte. „Du willst mir doch nicht erzählen, dass du so rumläufst?"

„Äh ... das ... ich erklär's dir später."

„Da bin ich aber mal gespannt."

An der Rezeption wurde Herr Schweitzer von Jupp auf die noch ausstehenden acht Bier angesprochen, die er dem Knobel-Harald und Jägermeister am Abend zuvor angeblich spendiert haben sollte.

„Kannst du mal?", fragte er Maria.

„Bezahlen?"

„Ja."

Seine Freundin schaute ihn zwar seltsam an, zückte jedoch ihr Portemonnaie und beglich die Schulden.

–

Zur selben Zeit, als Herr Schweitzer heißhungrig in den Strammen Max biss, erreichte der gefälschte Holbein seinen Bestimmungsort in Frankfurt. Genauer gesagt das neue Frischezentrum im Kalbacher Gewerbegebiet. So heißt das Ding nämlich, nachdem die Obst- und Gemüsehändler aufgrund der Schließung der Großmarkthalle umgesiedelt worden sind. Frischezentrum – Zentrum der Frische. Wie doof muss man eigentlich sein, um sich einen solchen Namen auszudenken? Gibt es denn kein Gesetz, dass Werbefuzzis wegen mutwilliger Verblödung der Allgemeinheit hinter Gitter bringt? Vermutlich nicht, wenn man sich Werbung in Deutschland genauer betrachtet.

–

Bevor er sich zu Marlon Smid aufmachte, war noch Zeit für Sex gewesen. Als Maria neben ihm auf dem eigentlich viel zu engen Bett im Bauwagen lag, fragte sich Herr Schweitzer, ob sein Schatz dabei öfter mal an andere Männer dachte. Arnold Schwarzenegger zum Beispiel. Aber andererseits, so sein Gedankengang, warum in alles in der Welt sollte Maria Abstriche machen?

Da die Zeit nun drängte und öffentliche Verkehrsmittel in Frankfurt nicht gerade für ihre Zuverlässigkeit bekannt waren, fuhr er mit seinem weißen Twingo zur Hauptwache. Er stellte ihn im Parkhaus ab.

Der Spezialist für Spezialschlösser, Kurt mit Namen, meinte, als er das Foto sah und Marlon Smid ihn danach fragte: „Das puste ich dir auf. Und zwar in null Komma nix."

„So, dass später keine Spuren zu sehen sind?", fragte Herr Schweitzer.

Kurt sah den Fragesteller an, als habe dieser einen Sprung in der Schüssel.

Marlon Smid sah sich zu einer Erklärung gezwungen: „Kurt war früher Tresorknacker von Beruf, bevor er in meine Firma kam und seriös wurde."

Wer hätte das besser wissen können als Herr Schweitzer, dass man sich als Privatdetektiv gelegentlich in sogenannte Grauzonen begeben musste, wollte man konkurrenzfähig bleiben. Aber gleich so grau, um einen Panzerknacker in Lohn und Brot zu stellen?

Sie vereinbarten, um drei Uhr nachts bei ihm auf dem

Campingplatz aufzukreuzen, um das Ding durchzuziehen. Das sei statistisch erwiesen, dass der Mensch da sehr tief schläft.

–

Drei Uhr nachts war natürlich keine Zeit, die auch nur entfernt mit Herrn Schweitzers Biorhythmus harmonierte. Demzufolge hatte er sich für seine Verhältnisse schon sehr früh Bettruhe verordnet.

Der Wecker klingelte Viertel vor. Bei Kerzenschein zog er sich an. Es galt, so wenig wie möglich Aufsehen zu erregen. Mit aller ihm gebotenen Vorsicht öffnete er langsam die Tür des Bauwagens und trat in die Dunkelheit hinaus. Herr Schweitzer trug schwarze Klamotten, um mit der Nacht eins zu sein.

Dann hockte er sich auf die behelfsmäßige Veranda und spähte zur mit nur einer schwachen Glühbirne beleuchteten Rezeption. Er sah es als Training für die Augen an, die beiden so schnell, wie es die menschliche Sehkraft zulässt, zu lokalisieren.

Alles war ruhig. Nur hin und wieder war das Geräusch eines vorbeifahrenden Autos zu hören. Straßenbahnen fuhren um diese Uhrzeit keine mehr. Bereits seit fünf Minuten fokussierte er den Eingangsbereich, dann starb er. Fast.

Jemand klopfte ihm von hinten auf die Schulter. Von hinten! Herr Schweitzer wollte gerade einen Todesschrei ausstoßen, da wurde er von einer Hand daran gehindert. Sein erster Impuls war, sich loszureißen und wegzurennen. Doch dazu kam es nicht. Die Hand, die in einem schwarzen Lederhandschuh steckte, war enorm kräftig und hielt seinen Kopf mit eisernem Griff gefangen und drehte ihn langsam um. Ein leises „Pst“ begleitete diesen Vorgang.

Dann erkannte er Marlon Smid. Hinter ihm stand Kurt, der Tresorknacker. Herr Schweitzer war heilfroh, doch noch dem Tode entronnen zu sein. Erst jetzt begann sein Herz wieder zu schlagen. „Wo zum Teufel kommt ihr denn her?“

„Pst, nicht so laut. Die anderen schlafen. Die wollen wir doch nicht wecken, oder?“

Natürlich nicht, dachte Herr Schweitzer.

Marlon Smid erklärte es ihm: „Von da.“ Er deutete auf die Hecke hinter dem Bauwagen. „Oder denkst du, wir marschieren wie auf dem Silbertablett durch den Haupteingang?“

„Äh ... natürlich nicht. Wäre ja auch ziemlich blöd“, sagte Herr Schweitzer. Tunlichst verschwieg er, dass er nämlich genau das gedacht hatte.

„So, wir gehen jetzt. Wo genau ist der Schuppen?“

Er erklärte es ihm.

„Du bleibst hier, ist klar“, sprach Marlon Smid mit einer Stimme, die es gewohnt war, Befehle zu erteilen.

„Wieso denn das?“, wollte Herr Schweitzer wissen. Er war doch sehr überrascht von diese Wendung.

Abrupt hielt der Meisterdetektiv in der Bewegung inne. „Weil ... wenn wir plötzlich ganz schnell türmen müssen ... Du ...“ Smid musterte seinen Sachsenhäuser Kollegen von oben bis unten. „Du bist nicht schnell.“

Die letzten vier Worte hatten Herrn Schweitzer den Wind aus den Segeln genommen. Du bist nicht schnell! Natürlich war er kein Armin Hary mehr, aber all seine Erfahrung – zählte das nichts?

Marlon und Kurt pirschten ohne ihn durchs Gras davon. Herr Schweitzer war pikiert. Fast schon traumatisiert. Da war er nahe dran gewesen, Hand in Hand mit den ganz Großen der Zunft einen ganz spektakulären Coup zu landen, und dann wurde er ausgebootet. Ausgebootet wie ein blutiger Anfänger. Ich mag zwar nicht schnell sein, dachte er, nicht mehr so schnell wie früher, okay, da könnte was dran sein, aber ist das ein Grund, hier sinnlos seine Zeit auf dem Abstellgleis zu vergeuden? Jetzt, wo's ans Eingemachte ging? „Mitnichten“, flüsterte er in die finstere Nacht hinein.

Nachdem er die zwei Kollegen am Ziel wähnte, ließ der schwer Traumatisierte noch ein bisschen Zeit verstreichen, dann pirschte auch er, aufmüpfig wie er nun mal war, drauflos. Das hat man auch nicht allzu oft: Herr Schweitzer beim Anschleichen. Gut, es mag zwar sein, dass selbst sedierte Schlangen, die ja bekanntlich auf Erdvibrationen reagieren wie kein anderes Lebewesen, sofort in Alarmbereitschaft versetzt worden wären und ein großes Tohuwabohu ausgelöst hätten, doch nach menschlichem Ermessen war es einfach nur eine reife Leistung des Sachsenhäuser Detektivs, wie er sich katzengleich dem Schuppen Nummer 9 näherte.

Herrn Schweitzers Versteck war ein Baum mit dickem Stamm, der eigens dafür gewachsen schien, auch mal etwas dickeren Bäuchen Sichtschutz zu gewähren. Fünf Meter bis zum Schuppen. Näher heran ging nicht. Die Tür stand nur einen Spaltbreit offen, kaum zu sehen aus der Entfernung.

So sehr er sich auch konzentrierte, keinen Laut vernahm er aus dem Inneren. Nur einmal drang durch den winzigen Spalt ein schwacher Lichtschein kurz auf die betonierte Fläche davor. Die Taschenlampe, dachte Herr Schweitzer zutreffend. Wie auch immer, man merkte, hier waren Profis am Werke.

Das Warten zog sich. Er wünschte sich, seine Kollegen mögen alsbald mit dem Beutegut aus dem Städel auftauchen und dann, husch, husch, das Weite suchen. So leicht hätte Herr Schweitzer sein Geld noch nie verdient gehabt. 5.000 Euro und ein paar Spesen, damit ließe sich der ein oder andere Restaurantbesuch finanzieren.

–

Nach zwanzig weiteren Minuten war immer noch nichts passiert, außer dass ihm langweilig wurde und sein rechtes Knie zu schmerzen begann. Obschon Herrn Schweitzer das Stillhalten im Liegen mit in die Wiege gelegt worden war, was seine ausgefeilte Technik beim Mittagsschlaf bezeugte, so fehlte ihm beim Stehen das Durchhaltevermögen. Um das Knie ein wenig zu entlasten, hielt er sich mit beiden Händen am Baumstamm fest und trat nach hinten aus.

Dort stand allerdings ein weiteres Müllsackgestell, das in der Dunkelheit nicht zu sehen gewesen war und nun von seinem Fuß erwischt wurde. In Wirklichkeit war es zwar nur ein ganz leises von ihm verursachtes Geräusch, doch Herrn Schweitzer kam es vor, als wäre der Eifelturm niedergekracht. In Zeitlupe zog er das Bein wieder zu sich und presste sich an den Baum, als wolle er mit ihm verschmelzen.

Da im Schuppen Nummer 9, wie schon erwähnt, tatsächlich Profis zugange waren, dauerte es auch nicht lange und die Tür wurde geöffnet.

Herr Schweitzer hielt die Luft an. Es wäre doch zu peinlich, wenn er von dem großen Marlon Smid, wie ein Schuljunge beim Spicken, hinter dem Baum entdeckt würde. Im Kino erschiene jetzt von irgendwoher eine Katze auf der Bildfläche und würde Marlon und Kurt suggerieren, sie, die Katze, wäre an allem Schuld.

Nach etwa fünfzig Sekunden hörte Herr Schweitzer ein leises Geräusch, das darauf schließen ließ, die Tür sei wieder beigezogen worden. Doch sicher war er sich nicht. Es konnte ja auch ein Trick sein und Marlon hatte die Tür geschlossen, stand selbst aber noch davor. Also blieb Herr Schweitzer, wo er war. Reine Nervensache, versuchte er sich aufzumuntern.

Irgendwann konnte er nicht mehr. Er setzte sich und lehnte sich an den Baum. Die Knie winkelte er an.

Ganz ehrlich, es waren wirklich nur sieben Minuten gewesen, in denen er kurz eingenickt war.

Herr Schweitzer selbst hatte seinen Aussetzer gar nicht mitbekommen, hatte gedacht, nur kurz die Augen geschlossen zu haben, und so wartete er und horchte und wartete und horchte, bis sich ganz allmählich der neue Tag mit einem blutroten Streifen am Horizont ankündigte.

Da erst traute er sich aus seinem Versteck heraus. Doch was er sah, stimmte ihn nachdenklich. Die Tür des Schuppens Nummer 9 war zu und das ABUS-Schloss hing unversehrt davor. Stark, dachte Herr Schweitzer, bärenstark die Herren Kollegen. Wie meisterlich sie sich davongestohlen, so dass selbst ein wachsamer Luchs wie er davon nichts mitbekommen hatte. Tja, überlegte er, so ist das, wahre Detektive sind eben wie Zauberer.

Herr Schweitzer ging schlafen. Auf die Information, ob sie die Gemälde gefunden hatten oder nicht, musste er notgedrungen verzichten. Gleich nach dem Erwachen würde er Marlon anrufen.

–

Und am nächsten Tag kam tatsächlich Pfeffer in die Sache. Aber ganz anders, als es sich Herr Schweitzer gedacht hatte.

Zunächst jedoch, als er draußen den neuen Tag begrüßte und sich reckte und streckte, um das Blut im Kreislauf auf Trab zu bringen, kam der Tobi vorbei.

„Guten Morgen, Tobi, wohin so schnell?“, rief er ihm zu.

„Moin, Simon. Ein Bier wird’s schon richten, gelle.“

Auf diese Bemerkung wusste selbst der Meister persönlich keine Erwiderung. Was richten? Wie richten? Bevor er da mal genauer nachfragen konnte, war der kleine Mann schon außer Hörweite.

Dann rief er Marlon an. Seine Neugierde war kaum zu bremsen. Hatten sie die Bilder? Konnte er mit einer prallen Brieftasche endlich nach Hause? „Ja, hier ist der Simon. Der Simon vom Campingplatz“, fügte er unsinnigerweise hinzu.

Ob er gut geschlafen habe, wurde er von Marlon Smid höflich gefragt. Man habe sich sehr bemüht, ihn nicht zu wecken. Außerdem sehe er, Herr Schweitzer, sehr goldig aus, wenn er, so wie heute Morgen, unschuldig die Sterne anschnarche.

„Ich ... ich ... ich“, stammelte Herr Schweitzer und schon wieder fiel ihm rein gar nichts ein.

Am anderen Ende der Leitung erklang ein sehr fröhliches Lachen. Ein kraftvolles Lachen von mindestens zwei Menschen. Wahrscheinlich Kurt, der Panzerknacker, dachte Herr Schweitzer und fühlte sich erwischt. Obwohl niemand in der Nähe war, errötete er gar sehr.

Smid, nachdem er sich etwas beruhigt hatte: „Du, Simon, im Schuppen ... Also, die Bilder waren nicht da, aber ...“

Herr Schweitzer wurde hellhörig: „Ja?“

„Also, wie gesagt, keine Bilder. Aber dafür so Gerätschaften, die, wenn mich nicht alles täuscht, zum Tunnelbau benötigt werden. Spaten, Körbe, Spitzhacken und so Zeug halt. Aber, das wollte ich gar nicht sagen.“

„Was'n?“

„Die Diebe haben sich gemeldet. Sie wollen Lösegeld.“

„Uff.“ Uff war zwar auch keine sehr professionelle Interpretation der Dinge, aber immerhin. Herr Schweitzer setzte noch einen drauf: „Puh.“

„Und da ist noch was.“ Es folgte eine kleine Pause. Danach: „Oh, Akku leer. Hörst du mich noch?“

„Ja.“

„Bald nicht mehr. Pass auf, da ist noch was ganz Komisches. Ich komme um drei bei dir vorbei. Tschömidö.“

Tschömidö ist auch so eine der seltsamen Hinterlassenschaften von Napoleons Europareisen. Tschö ist dem italienischen Ciao verwandt und mi dö heißt mon dieu, also *mein Gott.* Und weil der gemeine Hesse bereits mit Hochdeutsch überfordert ist, sollte man auch sein Französisch nicht allzu pedantisch mit der Waagschale messen.

Herr Schweitzer jedoch war nun restlos bedient. Nicht nur, dass er nicht so recht wusste, inwiefern die Tatsache, die Diebe haben sich nun gemeldet, seine Anwesenheit hier noch erforderlich machte, sondern auch, dass da laut Meisterdetektiv noch was ganz Komisches sei, beschäftigte ihn. Er sah auf die Uhr. Noch vier Stunden, bis Marlon kam.

Er ging in den Bauwagen und kam mit einer geschälten Banane wieder heraus. Sein Frühstück. Mehr war nicht da. Herr Schweitzer kam sich vor wie auf glühenden Kohlen. Endlich kam Bewegung in die Sache. Und er war zur Untätigkeit verdammt. Er steckte sein Handy ein, schloss die Tür ab und machte sich auf den Weg nach Niederrad. Dort hatte er letztens einen Italiener gesehen. Der sah von außen ganz nett aus. In einer halben, spätestens jedoch in einer Stunde würde es dort was Feines zu essen geben. Das war ganz wichtig, wollte man im Einsatz sein Bestes geben. Vielleicht ging ja bald alles Schlag auf Schlag und zur Nahrungsaufnahme blieb keine Zeit mehr. Vielleicht ...

–

Das Tomaten-Basilikum-Mozzarella-Spießchen als Vorspeise war ein Traum, die Penne mit Salsiccia ein Gedicht und die Balsamico-Heidelbeer-Creme etwas für echte Feinschmecker gewesen. Für Herrn Schweitzer gehörten solcherlei kulinarische Genüsse zum Leben wie die Sütterlinschrift zur Ahnenforschung. Er nahm sich vor, seine Liebste demnächst mal in diesen Premium-Italiener zu entführen.

Rundum zufrieden kehrte er zum Campingplatz zurück. Ein Mittagsschläfchen lohnte sich nicht mehr und so widmete er sich seinem Zukunftsprojekt Hängemattenbeistelltisch. Als Erstes notierte er sich, welche Funktionen unbedingt zu beachten seien. Als da wären: Abstellflächen für Glas, Flasche, Zigarettenschachtel, Aschenbecher und Feuerzeug, Haken und Halter für Handtuch, Klamotten, Sonnen- und Lesebrille, Buch und/oder Zeitung.

Als er glaubte, an alles gedacht zu haben, begann er mit der Zeichnung. Das größte Problem dabei war, die Form des Beistelltischs an der Hängematte und ihrem Pendelverhalten auszurichten. Obendrein musste bei den Berechnungen die Höhe der Hängematte über dem Boden sowie ein gegebenenfalls mächtig nach oben ragender Bauch des Benutzers – er dachte an sich selbst – mit einbezogen werden. Herr Schweitzer löste dieses Problem, indem er eine vertikale Verstellbarkeit der Höhe in die Technik mit einfließen ließ. Ein Kunstgriff, der selbst ausgebuffte Maschinenbauingenieure hätte vor Neid erblassen lassen.

Das mit dem Zeichnen allerdings war bei Herrn Schweitzer so eine Sache. Als Künstler war er nämlich noch nie einen Schuss Pulver wert gewesen. Dementsprechend grausam, ja eigentlich undechiffrierbar waren die Versuche eins bis fünfzehn. Bei Versuch Nummer sechzehn konnte man zumindest die Hängematte als solche erkennen, allerdings erinnerte der Hängemattenbeistelltisch noch stark an eine von Amateurhand zusammengezimmerte Vogelscheuche.

Herr Schweitzer war von der Sorte Mensch, die, wenn sie sich schon mal auf Arbeit einließ, was eher selten der Fall war, diese dann aber richtig und am Rande der Professionalität verrichtete. So vergaß er die Stunden, während er über seiner Zeichnung und dem letzten Feinschliff brütete.

Dann hielt er die Zeit für einen Prototypen gekommen. Von Jupp lieh er sich das nach seiner Ansicht notwendige Werkzeug, Holz von Paletten und Weinkisten sowie ausrangierte, teilweise schon verrostete Metallhaken.

Bereits nach einer Stunde inniger Sägerei und lautstarken Hämmerns hatte er sich mehrere Schnittwunden und einen blauen Daumen eingehandelt. Doch Herr Schweitzer war so sehr in sein Tun vertieft, dass er solcherlei Kollateralschäden kaum spürte.

Und er hatte Marlon Smid nicht kommen hören. „Lass mich raten: ein Katapult, um Pferdeäpfel in den Garten des Nachbarn zu feuern?“

Obwohl Herr Schweitzer über die aus dem Nichts auftauchende Stimme sehr erschrocken war, ließ er sich kaum etwas anmerken: „Nein.“

„Dann vielleicht ein Foucault'sches Pendel für frühreife Erstklässler?“

„Nein, Marlon, völlig falsch. Das wird ein Hängemattenbeistelltisch.“

„Ein Hängematten-was?“

„Beistelltisch. So ein Ding, wo alles, was der Mensch so braucht, in Reichweite ist, ohne dass du dich wie ein Akrobat verrenken musst. Deinen Body musst du dann nur noch zum Pinkeln aus der Hängematte bewegen. Ansonsten kannst du Stunde um Stunde darin verbringen. Wundert mich, dass es so etwas noch nicht zu kaufen gibt.“

„Genial“, sparte Marlon Smid nicht mit Lob.

„Ja, ich weiß. Was mir aber zu schaffen macht ist, das Ding muss in der Höhe verstellbar sein.“

„Klar. So Hängematten hängen ja verschieden hoch.“

Nun erst wurde Herrn Schweitzer gewahr, dass Marlon nicht ohne Grund auf der Bildfläche aufgetaucht war. Sie waren verabredet. Nur ungern trennte er sich von seiner gegenwärtigen Arbeit. „Ach ja, gestern. Bin wohl doch eingepennt."

„Vergiss es. Willst du denn gar nicht wissen, was im Schuppen Nummer 9 los war, letzte Nacht?"

„Logo. Aber ich denke, die Gemälde waren nicht da. Dafür aber verräterisches Werkzeug zum Tunnelbau."

„Exakt", sagte Marlon Smid, der heute halbwegs wie ein Mensch und nicht wie ein Kakadu gekleidet war. Grauschwarze Stoffhose, weißes Hemd. Lediglich der Schlips mit einem breit grinsenden, Baseballschläger schwingenden Snoopy minderte die Seriosität des Gesamteindrucks. „Aber ..." Der Meisterdetektiv räusperte sich eindrucksvoll, um zu signalisieren, dass jetzt gleich der Hammer kommt: „Es ist nicht auszuschließen, ja, ich persönlich gehe sogar davon aus, dass die Gauner hier noch mal auftauchen."

Da war Herr Schweitzer aber gänzlich anderer Meinung: „Wieso denn das? Das wäre doch Quatsch. Mit so einer wertvollen Fracht im Gepäck wechselt man doch eher die Verstecke, anstatt sich noch einmal an alter Wirkungsstätte blicken zu lassen. Erzähl mir lieber was von der Lösegeldforderung."

„Gemach, gemach. Wollen wir nicht lieber vorher einen rauchen, bevor ich dir meine These darlege?" Und schon hatte Smid Zigarettenpapier, Tabak und ein Klümpchen hervorgeholt.

Gemeinhin war Herr Schweitzer ja kein Kostverächter, dennoch lehnte er ab: „Ach, nee. Später vielleicht. Jetzt babbel schon."

„Wart's ab", vertröstete Smid und begann mit dem Bau seines Zigarettchens.

Herr Schweitzer schwieg und schaute Marlons flinken Fingern zu.

„Also, pass uff", begann Smid kurz darauf, zündete sich quasi zeremoniell seinen Joint an und fuhr fort: „Da drinnen liegt Verpackungsmaterial rum." Er deutete in Richtung der Schuppen. „Holzlatten, Kartons, Packpapier, Klebeband und so was halt. Und jetzt pass uff ..."

„Das sagtest du bereits. Ich pass ja uff", bemerkte Herr Schweitzer leicht gereizt, denn er wurde das Gefühl nicht los, hier wurde um den heißen Brei herumgeredet.

Marlon Smid imitierte inzwischen den üblichen lässigen Gestus von TV-Detektiven. Joint zwischen Mittel- und Zeigefinger geklemmt und den Rauchwolken nachschauen, als wären sie von einer dicken, fetten und teuren Zigarre generiert worden. „Tja, klar, so teure Gemälde müssen natürlich fachgerecht transportiert werden."

„Logo. Sag ich doch. Die kreuzen hier nie im Leben noch mal auf", stimmte Herr Schweitzer zu.

„Ja, ja. Aber der gute alte Marlon ist ja nicht umsonst besser als die Konkurrenz." Ein selbstverliebtes Lächeln umspielte seine Lippen. „Holzlatten, Kartons und Packpapier sprechen doch für sich. Stimmt's?"

Was blieb Herrn Schweitzer auch anderes übrig: „Stimmt."

„Wozu brauchen die also Klebeband? Frisches Klebeband, wohlgemerkt. Ich hab's mir genau angeguckt, kaum eine Staubfluse hatte sich an die Ränder der Rolle geheftet. Da staunst du, was? Und jetzt sag mir, warum liegt dort das Klebeband?"

„Weil ... weil ..." Herrn Schweitzer fiel nichts ein.

„Für Weihnachtsgeschenke ist's noch zu früh. Also?"

„Du glaubst doch nicht etwa, die kommen vor der Lösegeldübergabe extra noch mal hierher, um die Dinger fein säuberlich zu verpacken?"

„Einfacher wär's doch, das Verpackungsmaterial zu den Gemälden zu befördern als umgekehrt", gab Marlon Smid zu bedenken. Seine Stirnfalten zeugten von intensivem Grübeln.

„Hm." Nun dachte auch Herr Schweitzer nach. Schon beachtlich, in welchen Bahnen Meisterdetektive zu denken pflegen. Darauf wäre er nie gekommen, ein Klebeband auf Staubflusen zu untersuchen. Einfach nur klasse, der Typ. Doch auch er erkannte die Dringlichkeit der Lage: „Wann soll das Lösegeld bezahlt werden? Ist schon was bekannt? Wie viel?"

„400.000 Euro. Die haben dem Museumsdirektor Mannsfeld ein Prepaid-Handy geschickt. Man melde sich dann schon, hatte es in dem Brief geheißen. Bisher ist aber noch nichts passiert. Mannsfeld ruft mich aber sofort an, wenn sich was tut."

„Du arbeitest mit Mannsfeld zusammen? Und die Bullen?"

„Die sind natürlich auch permanent auf dem aktuellsten Stand. Haben sogar eine Sonderkommission gegründet. Picasso heißt die, glaube ich. Und Mannsfeld hat überhaupt keine Wahl. Die Versicherung hat ihn in unserem Sinne instruiert. Die wollen um jeden Preis die Bilder wiederhaben. Gerade jetzt. 400.000 Piepen – die würden sich tierisch freuen, so billig davonzukommen."

„Aber 400.000, ist das nicht viel zu wenig für eine solche Beute?"

Marlon Smid nahm noch einen letzten Zug vom bis zum viertletzten Millimeter abgebrannten Joint und schnickte ihn dann im hohen Bogen ins Gras. „Sag du's mir? Haben wir es hier mit Amateuren zu tun? Ich denke ja, aber mit Bestimmtheit lässt sich das nicht sagen. Wenn man sich den Tunnel betrachtet, kommen einem schon gewisse Zweifel, so meisterhaft, wie der angelegt wurde."

„Und jetzt?", wollte ein immer hibbeliger werdender Herr Schweitzer wissen.

„Abwarten und Tee trinken. Auf jeden Fall sollten wir ab sofort auf alles gefasst sein. Das heißt, unsere Handys sollten wir jetzt immer angeschaltet lassen und zusehen, dass die Batterien aufgeladen sind. Auch nachts."

„Aye, aye, Chef."

„Du behältst mir den Schuppen im Auge, klar? Außerdem wird dir Kurt Gesellschaft leisten. Der kommt nachher."

Der wird doch nicht auch noch in den Bauwagen ziehen wollen, überlegte Herr Schweitzer, das könnte verdammt eng werden. „Wo soll der denn schlafen?"

„Bei dir im ..." Weiter kam Marlon Smid nicht.

„Kommt gar nicht infrage", intervenierte Herr Schweitzer wie aus der Pistole geschossen.

„Dann halt in einem kleinen Zelt davor."

Herr Schweitzer hatte so seine Probleme mit der Nähe zu anderen Menschen, zumal wenn diese Menschen ihm nahezu unbekannt waren. Seine Maria: Okay, das war etwas anderes. Seine Kumpels im Weinfaß und anderen Kneipen: Auch okay, die blieben ja zurück, wenn man nach Hause ging; und diesen Heimweg konnte man schließlich beschleunigen, wenn einem der eine oder andere tierisch auf den Keks ging. Aber so einen Panzerknacker quasi als Bettvorleger vor dem eigenen Bauwagen? Recht war es ihm nicht. Mürrisch willigte Herr Schweitzer ein: „Von mir aus." Und schob ein „Grummelbrummel" hinterher.

„Gut. Dann geh ich mal wieder. Kurt wird sich so am frühen Abend bei dir melden. Und, Simon ..."

„Yeap?"

„Ab sofort: Alarmstufe gelb. Immer schön die Augen offen halten. Und denk an dein Handy. Führe es immer am Mann. Klar?"

„Logo, Boss. Wir werden das Kind schon schaukeln."

„Aber immer doch", waren Smids letzte Worte, bevor er

von dannen tänzelte, als habe er seine fette Provision von der Versicherung bereits in Mädels und schicke Klamotten investiert – was Smid halt so für schick hielt.

Versonnen schaute ihm Herr Schweitzer nach. Dass Marlon Smid mindestens so schräg war wie er selbst – auf diese Idee kam er einfach nicht, für ihn war er nach wie vor der Meisterdetektiv. Dann begab er sich wieder mit Feuereifer an den Prototypen seines Hängemattenbeistelltischs. Er wollte mit der Arbeit noch so weit wie möglich vorangeschritten sein, bevor er sich um den Panzerknacker zu kümmern hatte. Herr Schweitzer fragte sich, wo er hier gelandet war.

–

Beim Thema Zufall gehen die Meinungen weit auseinander. Die einen empfinden es schon als solchen, wenn man einen Nachbarn nach zwei Wochen, in denen man sich nicht mehr über den Weg gelaufen war, zufällig beim Metzger wieder trifft. Für andere fängt Zufall erst dann an, wenn man einem ehemaligen Jura-Kommilitonen, der vor dreißig Jahren die Dreadlocks noch bis zum Hosenbund trug, auf dem Inka-Trail in spießbürgerlicher Wolfskin-Kluft und kahlköpfig holterdiepolter über die Füße latscht. Dabei besagt die Zufallsforschung, dass ein Nicht-Eintreffen von Zufällen über einen längeren Zeitraum ein noch größerer Zufall sei als ein gelegentliches Eintreffen von Zufällen. Verstanden?

Zufall hin, Zufall her. Jedenfalls befand sich Konstantinos Tziolis zufällig und just zu dem Zeitpunkt, als sich Herr Schweitzer auf der Leiter der Hängemattenbeistelltischkonstrukteure immer weiter nach oben arbeitete, nur einen erbärmlichen Brückenschlag von ihm entfernt, im wahrsten Wortsinn. Während der Sachsenhäuser Gelegenheitsdetektiv vielleicht hundert Meter von der über dem Universitäts-Klinikum befindlichen Eisenbahnbrücke entfernt am südlichen Mainufer vor sich hin werkelte, genehmigte sich Konstantinos Tziolis vor dem Luxus-Kiosk mit dem geheimnisvollen Namen Orange Beach einen Longdrink, wobei über seinem Kopf Züge hinwegdonnerten. Ein Spaziergang von höchstens zwanzig Minuten trennte die beiden auf verschiedenen Seiten des Gesetzes und Flusses stehenden Personen. Der Eine suchte den Anderen, während der Andere nicht wusste, wer ihn gerade suchte, nur dass ihn demnächst ganz viele suchen würden – aber erst, wenn die Gemälde wieder im Städel und Konstantinos Tziolis schon lange, so hoffte er, über alle Berge war.

Natürlich war die Verzögerung mit dem bescheuerten Fälscher ärgerlich gewesen. Andererseits, so sagte sich Konstantinos, ist die Vorfreude auf das zu erwartende Geld etwas, mit dem man sich abfinden konnte. Außerdem wertete er die verstrichene Zeit, in der keine Handschellen klickten, als gutes Omen. Die Bullen tappten also nach wie vor im Dunkeln. Von ihm aus konnte es so bleiben, auch wenn die bald bevorstehende Übergabe des Lösegeldes ein weiteres, nicht unbeträchtliches Risiko darstellte. Für Konstantinos aber war die Sache so gut wie gelaufen, immerhin war mit dem Tunnelbau, dem Raub und der geglückten Flucht zum Campingplatz Gaul der anstrengendste und gefährlichste Teil der Arbeit bereits erledigt. Und für die Geldübergabe hatte er sich etwas ganz Besonderes ausgedacht.

Konstantinos Tziolis nippte an seinem Drink und schmunzelte, als er das Geschehen noch einmal Revue passieren ließ. Die Bombe! Was hatten sie doch für einen Riesenmassel gehabt. Weder er noch Benny hatten sie erkannt. Wegen ein paar fehlender Zentimeter mussten sie auf dem Rückweg mit dem größten der Gemälde noch ein wenig Erdreich von der Tunnelwand kratzen. Und waren dabei auf dieses große, komische Stück Metall gestoßen. Benny und er hatten es für einen Teil des Kanalsystems gehalten, auf den sie beim Bau des Tunnels vom Gelände des Ruderclubs aus schon nach wenigen Metern getroffen waren und wegen dem sie erst noch etliche Meter Richtung Main – und logischerweise auch wieder zurück – graben mussten, ehe sie zum Keller des Städel gelangten. Im spärlichen Licht der Taschenlampen war ein Erkennen auch sehr schwer gewesen, sagte sich Konstantinos. Gott sei Dank. Er wusste nicht, wie seine oder Bennys Reaktion ausgefallen wäre, hätten sie die alte Weltkriegsbombe als Weltkriegsbombe identifiziert. Vielleicht wären sie Hals über Kopf geflohen und hätten die Bilder im Tunnel zurückgelassen. Auch das wertete Konstantinos Tziolis als gutes Zeichen. Wie er überhaupt ein recht positiv denkender Mensch war.

Er stellte das leere Glas auf den Tisch und bestellte sich beim Wirt, der gerade auf seiner Runde des Aschenbecherleerens vorbeikam, einen neuen Drink. 400.000 Euro. 200.000 für ihn und derselbe Betrag für Benny. Das war Joeys Idee gewesen. Nicht übertreiben! Denn je mehr Geld sie kassierten, desto mehr Bullen wären hinter ihnen her, logisch. Deswegen, und nur deswegen, auch die relativ geringe Lösegeldforderung. Er, Konstantinos Tziolis, wollte nichts anderes, als sich in Ruhe eine neue Existenz aufbauen. Irgendwo, wo das Meer war. Wo er jeden Abend mit einem Glas in der Hand und seiner Freundin im Arm einem malerischen Sonnenuntergang beiwohnen konnte. Was mit Benny geschah, war ihm egal. Der würde seinen Anteil wahrscheinlich in einem halben Jahr durchgebracht haben. Frauen, Autos, Glücksspiel und den Rest sinnlos verprassen.

Wenn man vom Teufel spricht: Benny kam just in diesem Augenblick von seinem Spaziergang zurück.

„Hallo Konsti."

„Hallo Benny. Hast du an die Butter gedacht?"

„Mist. Vergessen. Hol ich nachher."

Konstantinos Tziolis hatte sich inzwischen daran gewöhnt, dass sein Partner, was Gedächtnislücken anging, jedem Alzheimer-Patienten mühelos das Wasser reichen konnte – sofern man sich noch daran erinnern konnte, wo man das Glas Wasser abgestellt hatte. Er dachte an die Nacht zurück, als sie das Beutegut im Schuppen des Campingplatzes deponiert hatten. Die ersten beiden Gemälde hatten sie vom Auto ins Versteck gebracht, als Benny noch den kleinen Picasso holen sollte, während er, Konstantinos, sich schon mal um die fachgerechte Lagerung der beiden anderen kümmerte. Doch statt mit dem Bildnis der Fernande Olivier kam Benny mit den Worten zurück, das Bild sei weg. „Wie weg?", hatte er ungläubig nachgefragt. „Na weg halt", waren daraufhin Bennys Worte gewesen, als sei die plötzliche Abwesenheit eines Picassos ähnlich dramatisch wie die Feststellung, man habe statt Roggen- versehentlich Sesambrötchen zum Frühstück gekauft. Im ersten Moment hatte er das Ganze natürlich für einen Scherz gehalten, doch ein solcher war es mitnichten, wie sich bald herausstellen sollte. Voll der Panik war er dann, nachdem er sich über den Ernst der Lage klar geworden war, mit dem Auto zurück zum Städel gedüst. Und siehe da: Der Picasso lehnte dort noch an einem Baum zwischen Fahrrad- und Fußgängerweg, was ihn natürlich sehr freute. Etwas weniger erfreulich hingegen war der Umstand, dass Benny das Gemälde in einen Hundehaufen – der Köter hatte ganz offensichtlich an fürchterlichem Durchfall gelitten – gestellt hatte. Zur Strafe durfte sein Partner den Rahmen dann später ganz alleine säubern, was aber nicht restlos gelang. Noch immer entströmte dem Picasso ein penetranter Geruch – Wasser auf den Mühlen der

Gegner entarteter Kunst – besser: entarteter Kunstgegner. Wie dem auch sei, seit diesem für Meisterdiebe unrühmlichen Zwischenfall hatte Konstantinos das Heft, was die weitere Vorgehensweise betraf, völlig an sich gerissen und in der Folgezeit keinen Widerspruch Bennys mehr geduldet.

„Ich geh noch mal zum Wasserwerk", sagte der Grieche zu seinem Kumpel, „und du kümmerst dich inzwischen um die Butter. Klar?"

Benny hatte, seitdem er von Konstantinos nach dem Picasso-Hundekot-Malheur so richtig zur Sau gemacht worden war, seines Kumpels neue Position als alleinigen Anführer vorbehaltlos akzeptiert. Es war ihm schon seit geraumer Zeit stets recht, wenn ihm einer sagte, wo's lang ging. So doof war er nun auch wiederum nicht, als dass er nicht erkannt hätte, dass bei illegalen Operationen, in denen andere das Sagen hatten, weit weniger in die Hose ging als bei auf seinem eigenen Mist gewachsenen Schandtaten. „Völlig klar. Ich geh dann mal."

Noch lange schaute er Benny nach und schüttelte den Kopf. Ob dessen Naivität war er nahe am Verzagen. Wenn er noch mal von vorne beginnen könnte, er würde sich einen anderen Partner suchen. Logo. Aber Mut, Muckis und Gehirn – wo fand man so eine Kombination heutzutage schon? Doch dafür war es nun zu spät. Na ja, sagte sich Konstantinos, so schlimm ist Benny gar nicht, muss halt ein bisschen aufpassen.

Dann ging er in die nahegelegene Gartenhütte, in der sie seit ein paar Wochen wie ein Ehepaar hausten, holte sich sein Fernglas und machte sich auf den etwa fünfzehnminütigen Weg zum 1899 in Betrieb genommenen Wasserwerk, das heute ein beliebtes Restaurant beherbergt. Von dort hatte er einen astreinen Blick auf den Campingplatz. Und so lange sich dort nichts tat von wegen Bullen und so, wähnte er sich außerhalb jedweden Gefahrenbereichs. Herrn Schweitzer hatte er durch sein Fernglas zwar schon gesichtet, ihn jedoch – nicht zuletzt wegen dessen unförmiger Figur – als völlig harmlos eingestuft.

Eine kleine Fehleinschätzung, wie sich alsbald zeigen sollte.

–

Kurt, der Panzerknacker, kam um siebzehn Uhr dreizehn. Kurt war kein Mann großer Worte. Nach einem kurzen „Hallo" baute er sein Zelt auf.

Herr Schweitzer beobachtete ihn mit zur Seite geneigtem Kopf. Alles war neu und sah ziemlich teuer aus. Iglu-Zelt, Schlafsack und Steppdecke. Sogar an eine Thermoskanne, selbstverständlich aus blitzendem Edelstahl, hatte Kurt gedacht.

Als das Zelt endlich stand und der Campingplatz-Frischling es auf Unwettertauglichkeit – er rüttelte mehrmals und mit voller Kraft an den Zeltstangen – geprüft hatte, breitete er noch allerlei Gegenstände auf dem Rasen aus, von denen er wohl annahm, dass sie zum Überleben in der Wildnis unabdingbar waren.

Kurzum, Herr Schweitzer war ebenso beeindruckt wie irritiert. Er überlegte, ob man als erfolgreicher Panzerknacker grundsätzlich übertriebene Akribie zu seinen Eigenschaften zu zählen hatte, denn auch Kurts Freizeitkleidung sah aus wie gerade erst erworben. Als allerdings noch ein Tortenheber zum Vorschein kam, änderte er seine Meinung. Fortan war Kurt nicht mehr nur ordentlich, sondern auch bescheuert. Freunde würden sie in diesem Leben, so dachte unser Sachsenhäuser, bestimmt nicht mehr werden.

Immerhin wurde er dann zum Kaffee eingeladen. Nachdem Kurt aus einer Pappschachtel eine halbe Schwarzwälder Kirschtorte gehievt hatte, änderte Herr Schweitzer seine Ansichten über Überlebensstrategien in der Fremde. Tortenheber waren gar nicht so unnütz, wie es der erste Anschein suggerierte. Obendrein mundete ihm das Törtchen vorzüglich und eine gewisse Trauer überkam ihn, weil er gut und gerne noch eine weitere Portion hätte vertilgen können.

„Gut", sagte Kurt nach dem letzten Bissen unvermittelt. „Und jetzt zum Geschäft. Wie teilen wir die Wachen ein? Ich schlage vor, du löst mich ab, sobald es dunkel wird. Um drei weckst du mich. Ich übernehme und du gehst schlafen. Ist das in Ordnung für dich?"

„Passt schon", antwortete Herr Schweitzer leichthin. Besser als anders rum, überlegte er, dann kann ich wenigstens ausschlafen. Schlafunterbrechungen hasste er nämlich wie die Pest. „Ich geh mir noch ein bisschen die Beine vertreten." Sprach's und stand auf. „Danke für Kaffee und Kuchen."

„Bitte."

Herr Schweitzer war froh, nicht mehr Kurts Nähe spüren zu müssen. Der Kerl war ihm unangenehm. Bis zur Wachablösung waren es noch dreieinhalb Stunden. Er ging an der verlassenen Rezeption vorbei. Als er das obere Ende der Auffahrt erreicht hatte, konnte er durch den Zaun und das Gebüsch sehen, wie sich Ratte und Ina seinem Bauwagen, und damit auch Kurt, näherten. Hihi, dachte Herr Schweitzer schelmisch, da stimmt die Chemie. Zwei Punker und ein Ordnungsfanatiker, wenn das mal hinhaut.

Mit der Straßenbahn fuhr er ins Weinfaß, seine Stammkneipe. Muss mich da mal wieder sehen lassen, die denken sonst, ich sei tot.

–

Konstantinos hatte das Treiben durch sein Fernglas verfolgt. Am Anfang war er ob des neuen Gastes, der dort sein Zelt aufschlug, noch misstrauisch gewesen und hatte ihn keinen Augenblick aus den Augen gelassen, jede seiner Bewegungen aufmerksam beobachtet. Als jedoch Kaffee und Kuchen verteilt wurden, brach er die Aktion ab. So verhalten sich einfach keine Typen, die uns auf dem Kieker haben, schlussfolgerte er. Etwas mehr, aber auch nicht allzu viel Kopfzerbrechen bereitete ihm da schon diese seltsame Punker-Clique. Die hatten einfach keinen geordneten Lebensrhythmus. Kamen und gingen, wie es ihnen gerade passte. Doch auch dies dürfte Benny und ihn nicht vor sonderlich große Probleme stellen, schließlich hatten sie die ganze Nacht Zeit.

–

Herr Schweitzer konnte sich, wenn's darauf ankam, zusammenreißen wie kein Zweiter. Oder, na ja, wie fast kein Zweiter. Nur einen einzigen herben Rotwein hatte er sich gegönnt. Und gebabbelt, endlich mal wieder richtig gebabbelt. Mit Bertha, der ältlichen Wirtin, Buddha Semmler, dem kauzigen Apfelweinkellner, und noch einigen anderen seiner zahlreichen Sachsenhäuser Kumpels, die mal kurz reinschauten. Aber über seine Mission: kein Sterbenswörtchen. Diesbezügliche Fragen hatte er ebenso vage wie kurz angebunden abgeschmettert. Ein Profi durch und durch, dieser Herr Schweitzer.

Als er sich schon von allen verabschiedet und seinen Wein bezahlt hatte, kamen noch zwei befreundete Streifenpolizisten, mit denen Herr Schweitzer in der Vergangenheit schon die eine oder andere Nacht zum Tag gemacht hatte, auf ein Zwischendurch-Erfrischungsgetränk hereingeschneit.

Kaum dass Odilo Sanchez seinen Wein vor sich hatte, bat er um Aufmerksamkeit. Allgemein erwartete man den neusten Tratsch aus dem nahegelegenen Polizeirevier. Doch es kam anders. Odilo: „Kommt ein Mann, der sich vor ein paar Tagen einer kompletten Untersuchung seines Gesundheitszustands unterzogen hatte, zum Arzt, der gleichzeitig ein alter Kumpel von ihm ist. Der Arzt bittet ihn sofort, als er ihn sieht, ins Sprechzimmer. ‚Du, Klaus, ich hab ne gute und ne schlechte Nachricht, was willst du zuerst hören?' ‚Die Schlechte.' ‚Na gut, schau her, deine Röntgenbilder. Du siehst: alles voller Karzinome. Ich denke, mehr als zwei Monate wirst du nicht mehr machen.' ‚Aha', dachte und flüsterte nun Klaus und sackte ob dieser schlimmen Diagnose in sich zusammen. ‚Und die Gute?' ‚Hast du draußen meine neue Sprechstundenhilfe gesehen? Die mit den blonden Haaren und den üppigen Kurven?' ‚Ja', bestätigte Klaus in der Hoffnung, das restliche kurze Leben werde es doch noch ein bisschen gut mit ihm meinen. Doch sein Arzt-Kumpel erklärte begeistert: ‚Gestern hab ich sie flachgelegt.'"

–

Es roch nach Regen, als er gut gelaunt, ja fast schon beschwingt, pünktlich zum Campingplatz zurückkehrte. Irgendwo hinter Schwanheim erhellte ein Blitz das Himmelszelt. Voller Tatendrang schlich sich Herr Schweitzer am Mainufer entlang. Der Platz wirkte wie ausgestorben. Auf Höhe der Schuppen spähte er in die beklemmende Dunkelheit und versuchte, Kurt hinter einem der Bäume ausfindig zu machen. Vorüberziehende Wolken tauchten das Areal zeitweise in tiefstes Schwarz. Die einzige Lichtquelle in der Mitte der nebeneinander liegenden Schuppen hatte einen Wackelkontakt, der Herrn Schweitzers Suche nach seinem Partner nicht gerade erleichterte. Nur langsam gewöhnten sich seine Augen an die Dunkelheit.

Ein leise gehauchtes „Pst" ließ sein Herz in die Hose rutschen, so wenig hatte Herr Schweitzer damit gerechnet. Er guckte in Richtung der Geräuschquelle und sah die Umrisse einer am Boden hinter einer steinernen Bank liegenden Gestalt. Entsprechende Handbewegungen forderten ihn zum Näherkommen auf.

„Da bist du ja", kommentierte Kurt den Umstand, dass Herr Schweitzer nun da war.

„Gut, gelle? Pünktlich wie ein Maurer." Der Sachsenhäuser Gelegenheitsdetektiv hatte sich vorgenommen, seines Partners Verstocktheit künftig mit Humor zu begegnen. Er legte sich daneben.

„Seh ich anders. Sonnenuntergang war vor fünf Minuten." Kurt bedachte ihn mit einem bitterbösen Blick. Der war sogar im Dunkeln zu erkennen.

Es fehlte nicht viel und Herr Schweitzer hätte ihm den vorhin gehörten Witz erzählt. Aber, so dachte er, einen Lacher hätte er diesem stocksteifen, bierernsten Zeitgenossen damit bestimmt auch nicht entlocken können. Kurt gehörte definitiv nicht zur Gattung Homo ludens. „Von mir aus, dann mache ich eben fünf Minuten länger."

„Anfänger."

„Dann eben nicht", schmollte Herr Schweitzer und bekam umgehend einen schmerzenden Stoß in die Rippen. Er dachte schon, der körperliche Angriff hätte etwas mit seiner Äußerung zu tun, und wollte gerade Revanche üben, als Kurt ihn mit gebieterischer Handbewegung zum Schweigen verdammte: „Pst. Es geht los."

Eine Art innerer Stromschlag verwandelte seine eben noch vorhandene Ungezwungenheit in höchste Konzentration. Er folgte Kurts Augen, sah aber nichts außer teerschwarzer Nacht, denn die Glühbirne hatte ihren Geist nach ein paar letzten Zuckungen aufgegeben.

Und dann fiel der erste Tropfen auf seine Nase. Noch ehe

Herr Schweitzer einen nachtaktiven Vogel, der gerade seinen Kot auf ihm entleerte, dafür verantwortlich machen konnte, hatte der Himmel seine Schleusen geöffnet. Binnen weniger Sekunden waren die beiden auf der Lauer liegenden ungleichen Partner bis auf die Knochen durchnässt. Mist, dachte Herr Schweitzer.

Mist, dachte auch Kurt.

–

Im allerletzten Moment, bevor der Sturm sie erwischte, konnten Benny und Konsti ins Innere des Schuppens flüchten. Sie waren zu Fuß über die Eisenbahnbrücke gekommen. Auch sie waren völlig überrascht worden.

„Mist", analysierte Benny die Situation.

„Das hört bestimmt gleich wieder auf", sagte Konsti. „Lass uns schon mal anfangen." Er suchte nach einem Platz für die kleine Taschenlampe mit dem dezenten bläulichen Lichtkegel und fand ihn auf einem Regal mit einem halben Dutzend angebrochener Farbdosen. „Binde du schon mal die Latten zusammen, ich kümmere mich um den Rest", flüsterte er zu Benny.

„Okay."

Nach wenigen Minuten war die Arbeit getan. Sie brauchten die Tür nicht zu öffnen, um sich zu vergewissern, dass es draußen noch stürmte und schüttete, als würde gleich die Welt untergehen. Der Regen benutzte das Eternitdach als Schlagzeug. Die Boxen waren voll aufgedreht.

–

„Du bist sicher, dass da wer im Schuppen ist?", presste Herr Schweitzer zwischen den Lippen hervor. Seine klitschnassen, sonst nach allen Seiten abstehende Haare klebten wie ein

Helm auf seinem Schädel. Er traute sich nicht, sich zu bewegen. In der Kuhle auf seinem Rücken hatte sich inzwischen eine kleine Lache gebildet. War Herr Schweitzer vor zehn Minuten noch voller Freude an die Detektivarbeit gegangen, so fluchte er nun ununterbrochen. Wortlos. Obwohl das nicht nötig gewesen wäre. Selbst einen Schrei hätte der Sturm bereits nach wenigen Metern verschluckt.

„Zwei. Die sind zu zweit da drin", erklärte Kurt trocken. Ihm schien die Misere nichts anhaben zu können.

Der würde voller Pflichtbewusstsein hier auch ersaufen, dachte Herr Schweitzer, der sich natürlich heiß und innig in ein warmes, kuscheliges Bett wünschte. Neben sich Maria, zu seinen Füßen Pepsi. Auch einen heißen Ebbelwoi zog er in Betracht. Diese himmlischen Gedanken verscheuchte er aber sofort wieder. Sie ließen die missliche Lage, in der er sich befand, noch grausamer wirken, als sie ohnehin schon war. „Was sollen wir machen?"

„Warten, natürlich."

„Brauchen wir nicht Verstärkung?"

„Wozu?"

Das hatte sich Herr Schweitzer so gedacht. Wozu? Wozu? Die Verstärkung könnte dann vielleicht oben an der Straße in einem vorm Sturm geschützten Wageninneren seelenruhig der Dinge harren, während sie, Kurt und er, ihr eigenes nichtsnutziges Leben retteten. Wozu? Wozu? Instinktiv tastete er seine Hosentasche ab, wo normalerweise sein Handy steckte. Das Handy, mit dem man Verstärkung hätte anfordern können. Doch dieses Handy steckte im Ladegerät. Und das Ladegerät befand sich in seinem Bauwagen. Und der Bauwagen stand gerade auf einem anderen Kontinent. Entmutigt fand er sich mit dem nahenden Ertrinken ab.

Kurt nach dessen Handy zu fragen, traute er sich nicht.

Vielleicht würden sie ihre Handys ja gar nicht brauchen. Das hätte zumindest den Vorteil, dass seine Missachtung von Marlon Smids ausdrücklichem Befehl, die Dinger immer am Mann zu führen, nicht ans Tageslicht käme. Peinlich, peinlich.

Zwei Minuten später schrie er auf. Etwas Klitschiges kroch über seinen Handrücken.

„Spinnst du?", wurde er von Kurt in die Schranken verwiesen. „Halt die Klappe."

Es war ein Wurm. Wahrscheinlich ein Regenwurm, überlegte Herr Schweitzer, nachdem sich der erste Schrecken gelegt hatte. Angewidert entfernte er das Getier. Wieso schlafen diese Viecher jetzt nicht, es ist doch Nacht? Aber dann fiel ihm ein, dass Würmer ihre Wohnungen ja unterirdisch angelegt hatten. Die können also gar nicht wissen, ob gerade die Geschäfte öffneten oder schlossen. Generös verzieh er dem Wurm.

Ließ gerade der Regen etwas nach oder irrte er sich?

„Gleich hört's auf", bestätigte Kurt sein Gefühl. „Dann müssen wir auf Draht sein. Wir dürfen sie auf gar keinen Fall aus den Augen verlieren. Vielleicht ist das unsere letzte Chance. Du bist doch auf Draht?"

„Meistens."

„Gut. Von mir aus. Hauptsache, du bist flinker, als du aussiehst."

Leute vom Schlage Kurts hatte Herr Schweitzer noch nie ausstehen können. Die nehmen sich viel zu ernst. Kein Humor, keine Gelassenheit. Immer nur Arbeit und staubtrockene Diensterfüllung. Beamtenmentalität pur.

Jetzt nieselte es nur noch. Kurz darauf öffnete sich die Schuppentür. Nichts war zu hören. Als würde von irgendwoher ein Regisseur seine Anweisungen geben, brach auch die Wolkendecke ein bisschen auf und beleuchtete die Szenerie, wenn auch nur sehr spärlich. Aber immerhin. Es reichte.

Herr Schweitzer überlegte, dass der Vorteil nun auf ihrer Seite lag, denn ihre Augen hatten sich an die Dunkelheit gewöhnen können, während die Augen der zwei subversiven Gestalten damit noch zu kämpfen haben dürften.

Sie gaben ihnen gut vierzig Meter Vorsprung, bevor sie die Verfolgung aufnahmen. Normalerweise ist aller Anfang schwer. Hier war es aber genau umgekehrt. Bis zum Aufgang zur Eisenbahnbrücke auf der anderen Seite der Trambahnschienen an der Uni-Klinik, die die südwestlichen Stadtteile Frankfurts mit dem Zentrum verbanden, säumten nahezu unendlich viele Versteckmöglichkeiten den Weg der Verfolger. So tasteten sich Herr Schweitzer und sein Kompagnon im Zickzackkurs immer weiter vorwärts. Von Versteck zu Versteck schleichend. Das war auch bitter notwendig, denn in unregelmäßigen Abständen drehten sich die vermeintlichen Gemäldediebe um, ob die Luft auch rein sei.

Die Eisenbahnbrücke selbst stellte dann aber ein Problem dar. Schnurstracks führte sie über den Main. Keine leichte Biegung, kein Pfeiler bot ausreichend Schutz vor Entdeckung. Gemeinsam lugten sie über die letzte Treppenstufe. Zu allem Überfluss hatte auch der Regen wieder eingesetzt, wenn auch bei Weitem nicht so kräftig wie zuvor.

„Was jetzt? Die könnten uns entdecken“, flüsterte Herr Schweitzer, die Situation umreißend. „Die hauen uns ab.“

„Ja, ich weiß“, fluchte Kurt. „Der Vorsprung könnte zu groß werden.“

Herr Schweitzer wusste nicht, was er tat, als er sagte: „Komm.“

Er kletterte über das Geländer, das den Fußgängerweg von den Gleisen trennte. Dort hatte er einen aus Holzbohlen bestehenden, ölverschmierten Weg für die Streckenarbeiter ausgemacht. Kurt folgte ihm. Erst als sie schon einige Meter hinter sich hatten, kam Herrn Schweitzer ein fürchterlicher Gedanke. Was, wenn jetzt ein Zug käme? Frankfurt war schließlich kein Provinzkaff, an dem nur zwei Mal am Tag eine Lok mit zwei Waggons für die Pendler hielt.

Erst verfiel er in einen leichten Trab, dann rannte er so schnell ihn seine Beine trugen. Dergleichen hasste er wie die Pest. In seinem schon seit langer Zeit feststehenden Lebensentwurf waren solche Dummheiten eigentlich tabu. Seine Dopaminproduktion lief auf Hochtouren.

Der Mensch neigt oft zu Übertreibungen, zu übertriebenen Reaktionen, wenn's gefährlich wird. So auch hier. Sie waren zu schnell, auch wenn Herr Schweitzer grundsätzlich nie zu schnell war. Na ja, so gut wie nie. Denn fast hätten sie die Gauner eingeholt. Erst im letzten Moment bemerkte er sie nur sieben oder acht Meter schräg vor sich. Der Jüngere der beiden schien eines der Gemälde zu tragen. Komisch, dachte er daraufhin, Marlon hat doch gar nichts von einem Gemälde gesagt. Hm, Marlon und Kurt haben wohl nicht richtig hingeguckt. Doch einen Kommentar sparte er sich.

Seine Vollbremsung führte dazu, dass er erstens auf den durch das Regenwasser noch glatter gewordenen, ölverschmierten Bohlen ausrutschte, und zweitens dazu, dass Kurt die schmerzhafte Karambolage nicht verhindern konnte. Als sie den Gordischen Knoten aus Körpern endlich gelöst hatten, waren die Observationssubjekte außer Sicht.

Kurt, nachgerade ungemein scharfsinnig: „Die sind garantiert schon weg."

Herr Schweitzer setzte noch einen drauf: „Wenn nicht sogar noch weiter."

Synchron kletterten sie wieder zurück. Dabei schmerzte Herrn Schweitzers rechter Fußknöchel. Doch für doppelte, wenn nicht gar dreifache Knochenbrüche war gerade keine

Zeit, verinnerlichte er, der Sachsenhäuser Held, sich. Obschon er nicht mehr viel Puste übrig hatte, legte er noch einen Zahn zu. Kurt schien damit keine Probleme zu haben. Er überholte rechts, keine Rücksicht auf seinen Partner nehmend. Der Abstand zwischen beiden vergrößerte sich. Ganz schön sportlich, der Typ, dachte Herr Schweitzer, das muss der Neid ihm lassen. Und auch, dass er selbst mal wieder Sport treiben müsste. Sobald die Sache hier vorüber war. Ohne sich recht im Klaren darüber zu sein, legte er diesbezüglich sogar ein Gelübde ab.

Kurt erwartete ihn am Ende der Brücke: „Pst."

„Was?"

„Ich glaube, ich habe gerade einen Schatten unter uns gesehen."

Herr Schweitzer spähte nach unten, sah aber nichts. „Wo?"

„Da."

„Aha."

„Komm, wir gehen. Aber leise, verdammt noch mal."

Ja, was glaubt der denn? Dass ich hier einen Trommelwirbel veranstalte, oder was? „Okay."

Diesmal war es keine Treppe, sondern ein schmaler Asphaltweg, der erst einige Meter geradeaus führte, wo dann ein kleiner Abzweig scharf rechts und wieder rechts die beiden zurück zum Main geleitete.

„Ich glaube, die sind hier unter der Brücke durch", erklärte Kurt und ging voran. „Ah, da sind sie ja."

Es war nur ein halbherziger Versuch, den Herr Schweitzer startete: „Wir brauchen Verstärkung. Echt. Die könnten von hier noch bis nach Mainz latschen."

Kurt, ziemlich brüsk: „Quatsch. Stell dich nicht so an."

Wie ein Hündchen und nach Luft japsend dackelte der Sachsenhäuser Detektiv übellaunig hinterher. Eine seiner ureigensten Lebensphilosophien wurde gerade ad absurdum geführt: An Arbeit ist noch keiner gestorben, aber wozu ein Risiko eingehen? Außerdem hatte er keine Lust mehr, nach Kurts Pfeife zu tanzen.

Sie passierten den Orange Beach. Es kam Herrn Schweitzer so vor, als sei er eine Ewigkeit nicht hier gewesen, dabei war er erst gestern dort.

Kurze Zeit später mussten sie sich wieder hinter einem Baum verstecken, weil die beiden vor ihnen innehielten. Mit einem Schlüssel öffneten sie ein Tor, das die Kolonie der Schrebergärten begrenzte.

Das wird jetzt aber ziemlich unübersichtlich, da drinnen, dachte Herr Schweitzer.

Und auch Kurt musste ähnliche Gedanken hegen. „Ach, du grüne Neune."

Sie warteten noch zwei Minuten, dann näherten sie sich dem Einlass. Obschon sie gesehen hatten, dass die Anderen das Tor von innen wieder abgeschlossen hatten, drückte Kurt die Klinke. „Zu."

„Ach nee, was du nicht sagst."

„Hast du eine Ahnung, wie groß die Gartenanlage hier ist?", fragte Kurt trocken.

„Woher soll ich das wissen? Bin ich Jesus?"

Ihre Blicke schweiften den Zaun entlang. Überall Stacheldraht. Keine Möglichkeit reinzukommen.

Kurt kramte sein Handy hervor.

„Was machst du da?"

„Verstärkung anfordern."

Von einem freudlosen Lacher begleitet bemerkte Herr Schweitzer: „Hab ich doch gleich gesagt, weißt du noch?"

Eine Antwort blieb aus. Kurt telefonierte. Ein Blitz erhellte das Firmament. Ein Donnergrollen folgte. In weiter Ferne bellte ein Hund.

„Marlon sagt, wir sollen noch eine halbe Stunde auf das Tor aufpassen ...“

„Glaubt er, dass es jemand klauen will?“ Viel Spott lag in Herrn Schweitzers Timbre.

„... dann ist die Verstärkung da. Wir postieren einen Mann an jedem Eingang. Marlon hat Alarmstufe rot ausgegeben.“

„Rot. Aha. Heißt das, ich soll schon mal die Magazine für die Schnellfeuergewehre bereitlegen?“

„Depp.“

„Kannst du mir einen Gefallen tun?“

„Welchen?“

„Hör auf zu atmen.“

Man sieht, die zwei Herren waren ein Herz und eine Seele.

Nach gut fünfundzwanzig schweigsamen Minuten sagte Kurt plötzlich: „Ist doch Schwachsinn, dass wir beide hier dumm rumstehen. Geh du doch mal zurück und guck, dass die uns nicht durch einen anderen Ausgang entwischen. Ich ruf dich dann, wenn unsere Leute das Gelände umstellt haben. Deine Handynummer hab ich ja.“

Ich aber nicht mein Handy, dachte Herr Schweitzer schadenfroh, sagte es aber nicht. Er war ja nicht blöd. Inzwischen war ihm alles egal. Er fror. Er war schlagkaputt. Hätte dieser Vollidiot Kurt gleich auf ihn gehört und Verstärkung angefordert, könnte er schon längst im Bett liegen und den Schlaf der Gerechten schlafen. Aber nein, dieser Blödmann, dieser Möchtegerndetektiv wusste ja alles besser. Ohne ein weiteres Wort zu verlieren, machte er sich auf den Weg.

Vergiss die Kohle, grummelte Herr Schweitzer beim Gehen. Ich will heim. Ich will zu Maria, kuscheln. Ich will ein Glas Ebbelwoi. Vergiss auch Marlon, der kocht auch nur mit Wasser. Und Kurt, der ist eh blöd wie ein Schoppe Rotz.

Und wie Herr Schweitzer so en passant die Welt analysierte, vernahm er plötzlich ein Geräusch. Es klang, als habe jemand versehentlich gegen eine leere Dose getreten. Seine Nackenhaare stellten sich aufrecht. Flugs trat er hinter einen Uferbaum. Endorphine kitzelten das Letzte aus ihm raus.

Er hatte richtig gehört. Kaum dass er seinen Bauch eingezogen hatte, bogen zwei Gestalten um die Ecke am Orange Beach-Kiosk. Sie schleppten schwer. Er meinte, ein Keuchen zu vernehmen. Auf dem Rücken trugen sie viereckige große Gegenstände, die in dunkles Plastik verpackt waren. Sie gingen in die Richtung, aus der sie vorhin gekommen waren. Er folgte. Ohne sein Handy war es ihm unmöglich, Unterstützung herbeizutelefonieren. Was soll's, sagte er sich, früher war ich auch stets auf mich alleine gestellt. Muss halt mal wieder mein ganzes Potential ausschöpfen.

Der Weg war breit genug für Autos. Die viereckigen Dinger auf ihren Rücken ließen stringent auf verpackte Gemälde schließen. Herrn Schweitzers Knöchel meldete sich. Er schmerzte ziemlich. Auf die Zähne beißend blieb er dran.

Wenn die in einen Wagen steigen sollten, so sein Gedanke, muss ich nahe genug dran sein, um das Nummernschild lesen zu können. Es ging leicht nach links und bergauf. Er humpelte und dachte: Was habe ich mir da bloß wieder eingebrockt?

Oben angekommen überblickte er ein etwas größeres freies Gelände. Ein Auto stand aber nicht dort. Stattdessen machten sich die Gauner an einem großen, grauen, verrosteten Tor einer heruntergekommenen Werkshalle zu schaffen, die augenscheinlich einen wohl schon längeren Leerstand zu verkraften hatte. Einige Fensterscheiben waren zerborsten oder von übermütigen Jugendlichen eingeworfen worden. An den Außenmauern hatte sich die Natur ihr Terrain zurückerobert, mannshohe Sträucher säumten die Wände. Lautstark quietschte das rostige Tor beim Öffnen. Herr Schweitzer huschte hinter einen Schuttcontainer.

Als das Tor wieder geschlossen war, wagte er sich hervor. Die Milchglasscheiben im Erdgeschoss waren dermaßen verdreckt, dass keinerlei Gefahr bestand, von innen gesehen zu werden, auch wenn sich erstes Tageslicht ankündigte.

Es standen noch andere Gebäude auf dem Gelände. Doch keines von ihnen machte den Anschein einer momentan wie auch immer gearteten Nutzung. Lediglich einige, ebenfalls der Verwitterung anheim gefallene Graffitis an den Mauern bekundeten Spuren menschlichen Lebens. So könnte die Welt 15 Jahre nach dem Aussterben unserer Rasse aussehen, kam es Herrn Schweitzer in den Sinn. Dass der Regen aufgehört hatte, registrierte er nicht, so engagiert ging er zu Werke. Lediglich sein lädierter Knöchel nervte.

Vorsichtig gelangte er zur Rückseite. Dabei musste er hohes nasses Gras durchqueren und über so manchen Betonbrocken klettern. Auch hier gab es einen Eingang. Eine Metalltür, die aussah, als sei sie noch nie geöffnet worden. Nur ein einziges zweiflügeliges Holzfenster, an dem noch spärliche Farbreste hafteten, befand sich dort. Das eiserne Schutzgitter davor war teilweise nach oben verbogen. Möglicherweise hatten sich dort vor langer Zeit Obdachlose oder abenteuerlustige Kinder Einlass verschafft. Das Fenster stand einen Spaltbreit offen. Herr Schweitzer duckte sich und horchte. Doch kein Laut drang zu ihm. Er pirschte zurück.

Gerade noch rechtzeitig, denn ein ihm wohlbekanntes Quietschen erfüllte seine Gehörgänge. Herr Schweitzer lugte um die Ecke. Er sah die zwei Gauner sich ohne Eile entfernen. Diesmal jedoch ohne Lasten auf dem Rücken. Was bedeutete, dass die Gemälde noch in der Halle waren. Ganz schön clever, der Herr Schweitzer. Abermals nahm er die Verfolgung auf.

Obwohl sie nicht schnell gingen, vergrößerte sich der

Abstand rapide. Ursache hierfür war seine Verletzung, die sich immer vehementer meldete. Die Gutleutstraße zog sich. Links und rechts war Industriegebiet. Hin und wieder fuhren LKWs aus den Höfen und Menschen kamen ihm vereinzelt auf dem Weg zu ihren Arbeitsplätzen entgegen. So sehr er sich auch anstrengte, an der Camberger Brücke hatte Herr Schweitzer die beiden aus den Augen verloren. Er wusste nicht, ob sie nun rüber zur Mainzer Landstraße oder weiter geradeaus ins Frankfurter Bahnhofsviertel gelaufen waren.

–

Als Geschenk Gottes entstiegen an der Ampelanlage gerade vier angeheiterte und bestens gelaunte Männer einem Taxi. Umgehend okkupierte Herr Schweitzer das Fahrzeug. Den Taxifahrer dirigierte er zum Campingplatz. Dort holte er sein Handy, dass inzwischen natürlich bis zum Anschlag aufgeladen war. Unterwegs rief er Marlon an.

Zu seiner Überraschung war dieser gar nicht böse auf ihn. Lapidar teilte er ihm mit, man habe alles *under control* und die Kleingartenanlage werde von allen Seiten bewacht. Nur noch eine Frage der Zeit sei es, dann könne man die Falle zuschnappen lassen. Und er, Herr Schweitzer, dürfe sich nun aufs Ohr hauen. Gute Nacht. Marlon würde sich melden, demnächst, wenn's was Neues gäbe. Tütt-tütt, aufgelegt.

Na, wenn das so ist, überlegte ein völlig durchnässter, verletzter und dem Umfallen naher Herr Schweitzer, dann sag ich dir auch nicht, was ich in der Zwischenzeit so alles erlebt und herausgefunden habe. Pah! Ignorant! Dem geb ich's. Denkt wohl, der gute alte Simon sei bloß ein simpler Bauer im großen Schachspiel. Von wegen! Ha! Marlon hätte ihn bloß fragen brauchen. Aber so – dann halt nicht.

Als das Taxi im Lerchesbergring hielt, hatte er seine Belastungsgrenze mehr als ein Mal überschritten. Er zahlte.

Mit letzter Kraft öffnete er die Haustür, schlurfte ins Schlafzimmer, zog sich aus und legte sich neben seine Maria ins Bett.

Diese war davon natürlich wach geworden. „Du, hier? Was gibt's?"

„Nix. Nur, dass Frankfurt bald seine Gemälde wiederhat."

Noch wusste Herr Schweitzer nicht, dass aus seinen letzten gehauchten Worten viel Wahrheit sprach. So viel Wahrheit, dass letztlich nur die Wahrheit selbst wissen konnte, was wahr war und was nicht. Denn kein Mensch sollte je mehr die Wahrheit erfahren – nicht einmal Museumsdirektor Mannsfeld.

Kurz vorm Hinübergleiten in die Traumwelt hatte Herr Schweitzer noch Hunde quaken und Frösche bellen hören. Die Träume selbst handelten von Gemälden, ölverschmierten Planken, kaputten Handys und hochnäsigen, Zigarren paffenden Detektivkollegen in von Beistelltischen flankierten Hängematten. Und sie waren alles andere als logisch. Wie Träume manchmal halt so sind. Oder die Welt.

–

Völlig atypisch war Herr Schweitzer nach läppischen sechs Stunden erwacht. Dafür war das Wetter wieder ganz nach seinem Geschmack: wolkenloser Himmel bei angenehmen Temperaturen. Obendrein durchflutete weiches, helles Licht das Zimmer.

Lieb Dich, bin einkaufen, dann bei Karin, erst spät zurück, Küsschen Maria – der Zettel lag auf dem Küchentisch. Er setzte Kaffee auf.

Der Blick in den Spiegel war wenig verheißungsvoll. Herr Schweitzer sah aus wie ein recycelter Gammler. Das entsprach seinen Erwartungen. Er hatte das Gefühl, als rotte er langsam vor sich hin. Seine grauen, nicht zu bändigenden Haare standen nach allen Seiten ab. Notdürftig plättete er sie mit einer Handvoll Wasser, ehe er in die Küche zurückhumpelte.

Der heiße Kaffee tat ihm gut. Er hatte einen Entschluss gefasst, rief Marlon an und meldete sich krank, sein Knöchel sei verstaucht. Das war nicht mal gelogen. Doch der Hintergrund war ein ganz anderer: Er hatte nicht vor, sich von diesem Trottel Kurt die Butter vom Brot nehmen zu lassen. Denn schließlich wusste momentan nur er, wo sich die Gemälde befanden. Wieder fertigte ihn Marlon kurz ab. Sagte nur, dass sei schon okay so, und beendete das Gespräch.

Herr Schweitzer wurde das Gefühl nicht los, dass ihm Marlon Smid etwas verheimlichte. Er nieste. Drei Mal hintereinander. Hoffentlich habe ich mich nicht auch noch erkältet, hoffte er.

Obwohl es wieder sommerlich warm war, duschte er heiß. So lange, bis die Haut schmerzte. Danach ging er an Marias Arzneischränkchen. Ein elfenbeinfarbener Blechkasten, den sie vor ein paar Wochen erst auf dem Flohmarkt am Sachsenhäuser Mainufer erstanden hatte. Auf der Tür prangte das Rote Kreuz. Seine Maria liebte so altes Zeug.

Mit einer dicken Schicht Tigerbalsam verarztete er seinen rechten Fuß. Dann verband er ihn und fixierte die Mullbinde mit einer Sicherheitsnadel. Zu einem Arzt zu gehen, kam nicht infrage. Die richten oft mehr Schäden an, als dass sie Schäden richten.

Warum er sich sein schieferfarbenes Hemd anzog, war ihm nicht klar. Ihm war einfach danach. Sonst trug er das gute Stück nur zu besonders feierlichen Anlässen.

Als er sich mit drei Scheiben Leberwurstbrot und zwei weiteren Tassen Kaffee gestärkt hatte, rief er sich ein Taxi.

–

Konsti und Benny hatten nicht vor, die Gartenlaube, die für gut vier Wochen ihr gemeinsames Zuhause gewesen war, noch einmal zu betreten. Ihre paar Habseligkeiten hatten sie in Sporttaschen verstaut, die sie in der Werkshalle deponierten, bevor sie sich ein letztes Mal zum Campingplatz Gaul aufgemacht hatten.

Konsti vermutete nicht ganz zu Unrecht, dass sie ihn bereits auf dem Kieker hatten. Seine Wohnung in Bornheim hatte er deswegen seitdem auch nicht mehr aufgesucht. In seiner Jackentasche steckte ein Bahnticket nach München, ausgestellt auf morgen früh. Dort würde seine Freundin auf ihn warten. In einem Rutsch sollte es dann mit ihrem Wagen, einem klappriger hellblauen Käfer, bis Thessaloniki gehen.

Doch noch war es nicht so weit. Konsti war ein wenig nervös, denn die entscheidende Phase stand kurz vor der Umsetzung: die Übergabe des Lösegeldes.

„Ich ruf jetzt diesen Mannsfeld an", sagte er zu Benny, der neben ihm auf dem Barhocker saß. Die Kaschemme mit dem uralten Wirt war in den letzten Wochen zu so was wie ihrer Schaltzentrale geworden.

„Ja, mach das", antwortete sein Kumpel, redselig wie eh und je.

Obwohl der Opa hinterm Tresen mal wieder eingeschlafen war, ging Konsti auf die Straße raus. Er dankte Gott dafür, dass die Sonne das schauderhafte Wetter der letzten Nacht endgültig vertrieben hatte. Zum Glück hatten noch Plastikmüllsäcke herumgelegen. Absicht war das keine. Wäre doch schade gewesen, wenn die hübschen Bilder was abbekommen hätten, auch wenn sich dadurch nichts geändert hätte.

Mannsfeld ging sofort ans Telefon. Als die Frage, ob die 400.000 Mäuse bereit für einen Besitzerwechsel seien, bejaht worden war, sprach er ins Prepaid-Handy: „Gut. Dann fahren Sie heute Abend auf die Aral-Tankstelle am Oberforsthaus. Die Aral, nicht die andere stadteinwärts. Dort warten Sie um exakt 23 Uhr auf weitere Anweisungen. Verstanden? Bitte wiederholen Sie."

Als er die Kaschemme wieder betrat, sagte er zu Benny: „Alles klar, Kumpel. Bald können wir's uns gut gehen lassen. Komm, lass uns pennen."

Konsti legte einen Geldschein auf die Theke, ohne den Wirt zu wecken. Das Hotel, das sie sich ausgesucht hatten, war als solches kaum zu bezeichnen. Billig, heruntergekommen wie so viele im Frankfurter Bahnhofsviertel. Und, das Wichtigste, einen Ausweis wollte niemand sehen, nur Bargeld.

–

Doch auch ihre natürlichen Gegenspieler, die Polizei, hier insbesondere die Sonderkommission Picasso, war guter Dinge. Nachdem sich die Sache über die Zeit totgelaufen zu haben schien, kam nun endlich Bewegung ins Spiel. Mannsfeld hatte sie natürlich sofort nach dem Anruf des räuberischen Erpressers benachrichtigt. Und ebenso selbstverständlich hatten sie inzwischen den Geldkoffer mit einem Peilsender präpariert. Alles andere hätte auch verwundert. Sie standen verdammt noch mal gehörig unter Druck, wussten sie. Nicht so sehr wegen des Geldes, das war in einer Bankenmetropole wie Frankfurt eher zu vernachlässigen – siehe Hilmar Koppers Peanuts (bitte nicht übersetzen mit Koppers Nüssen/Eiern/Hoden, sondern mit Koppers Kleingeld-Millionen). Aber an den Gemälden hing ja auch jede Menge Prestige. Das war wichtig in einer Stadt, die sich die Kultur sozusagen auf die Fahne geschrieben hat. Umso mehr als man ja lediglich eine Zwei-Drittel-Millionenstadt war. Im Ausland, ja teilweise sogar im Inland, wird Frankfurt oft als Mega-City betrachtet und die

Leute sind dann reichlich überrascht, wenn man ihnen die wahre Einwohnerzahl nennt. Also, dann wenigstens Kultur. Zumal sich ja auch die Eintracht vom internationalen Spielgeschehen, abgesehen von einem kurzen Intermezzo, seit vielen Jahren erfolgreich abschottet.

–

Herr Schweitzer ließ das Taxi am Wasserhäuschen in der Holbeinstraße halten. Er brauchte Tabak. Nicht weil er Zigarettenraucher war, aber in Haschöl gebadetes Dope pur aus der Pfeife zu konsumieren, war dann vielleicht doch des Guten zu viel. Wer weiß, was da alles passieren konnte. Halluzinationen, bislang unerforschte Räusche, galaktische Trips oder gar körperliches Unwohlsein bis hin zum abrupten Ableben, die ganze Palette war möglich. Er hatte nicht vor, in der Autopsie zu landen. Außerdem sahen die Edelstahltische dort alles andere als heimelig aus.

Apropos Wasserhäuschen. Die gibt's nur hier. Ganz, ganz früher wurde dort, wie der Name schon sagt, ausschließlich Wasser zum Trinken für die arbeitende Bevölkerung angeboten. Doch der gemeine Frankfurter trug schon immer rebellische Züge in sich. Und Wasser war ja schön und gut, doch Bier und Ebbelwoi noch schöner und viel besser. Kurzum, und bevor der Römer von willensstarken Revolutionären kurz und klein geschlagen wurde: Schon kurz nach Eröffnung bot man auf Geheiß des unter Druck geratenen Magistrats an den Wasserhäuschen auch Alkoholika feil, womit der Name Wasserhäuschen natürlich Makulatur war. Aber man behielt ihn bei. Möglicherweise, um Fremde in die Irre zu führen. Denn es wäre ja ziemlich unerquicklich gewesen, wenn diese Fremden alles wegsoffen, was einem lieb und teuer war. (Siehe auch das

Büchlein von Christoph Jenisch „Buffalo Bill im Palmengarten“, Societäts-Verlag, in dem u. a. die Wasserhäuschen-Problematik näher erläutert wird.)

Herr Schweitzer jedoch wollte darauf vorbereitet sein, dass der Fall des Gemälderaubs in Bälde abgeschlossen und es was zu feiern geben würde. Er rechnete fest damit, immerhin hatte er einen unglaublichen Wissensvorsprung, den er mit niemandem zu teilen gedachte. Weder mit der Kripo noch mit Marlon Smid. In Gedanken ging er die Namensliste seiner Freunde durch, und wer von ihnen alles kiffte. Mit in Haschöl gebadetem Dope würde er mit Sicherheit viele Punkte einheimsen. Als Erster fiel ihm der einem Joint selten abgeneigte Oberkommissar Schmidt-Schmitt ein und dann, ob er, Herr Schweitzer, ihn eventuell bei seiner geplanten, durchaus riskanten Operation hinzuziehen solle. Doch dieser wäre womöglich auf die nahe liegende Idee gekommen, seine Kollegen zu benachrichtigen. Aber der Sachsenhäuser Detektiv wollte sich den ewigen Ruhm als Wiederbeschaffer der geklauten Städel-Gemälde von keinem abspenstig machen lassen. Er sah sich schon von Fotografen umringt neben Petra Roth, der Frankfurter Oberbürgermeisterin, stehen, die ihm tief und innig ihren Dank für seinen heldenhaften Einsatz für die Kultur aussprach. Also ließ er es bleiben.

Kein Lüftchen wehte, als er den Weg runter zur Rezeption ging, wo Jupp und Tobi herumlungerten.

Jupp: „Na, wo kommst du denn her? Warst gar nicht in deiner Villa, heute Morgen.“

„Tust wohl beim Frühschoppen gewesen sein“, sekundierte Tobi.

Die Hoffnung, still und leise seine sieben Sachen zusammenzupacken und auf ewig zu verduften, hatte sich abrupt zerschlagen. Doch damit nicht genug. Beim qualmenden Grill hockten Stadi, der Totschläger, Jägermeister und, Herr Schweitzer trauten seinen Augen nicht, der allseits bekannte Nackte Jörg. Ein Sachsenhäuser Charakterkopf, ähnlich mit Ruhm behaftet wie der Goethe-Turm. „Was macht denn der Nackte Jörg hier?", entfuhr es ihm. Verblüffung stand Herrn Schweitzer ins Gesicht geschrieben.

Tobi und Jupp blickten sich fragend an.

„Na, der da. Der Nackische."

„Aaaaah." Jupp hatte es fast gesungen.

„Du tust Werner meinen", ergänzte Tobi.

Herr Schweitzer kapierte überhaupt nichts mehr. „Ach, hat der Jägermeister doch einen richtigen Namen?!"

Nun war es an Jupp und Tobi, verdutzt aus der Wäsche zu gucken.

Jupp fing sich als Erster: „Nee, nee, du. Der Jägermeister heißt komisch."

Tobi: „Genau."

Jupp: „Gawan Sorgenbrat."

Tobi: „Genau, Gawan Sorgenbrat tut der Jägermeister nämlich heißen. Das ist ihm aber peinlich. Deshalb tut ihm Jägermeister lieber sein."

Herrn Schweitzers kognitives Weltverständnis näherte sich dem finalen Zusammenbruch. Wollen die mich verarschen? „Also, noch einmal von vorne: Da sitzt doch einer ohne Klamotten. Oder täusche ich mich?"

„Nee, tust du nicht", kicherte Tobi. „Das ist unser Werner."

Jupp Wachtelau: „Werner kommt manchmal auf ein Bier hier vorbei, im Sommer. Aber er hat eine richtige Wohnung. Deshalb wohnt er auch nicht auf dem Platz. Das mag dir seltsam vorkommen. Du bist nicht der Erste, der sich die Augen reibt. Aber Werner darf nackisch durch die Gegend spazieren. Das hat er sogar gerichtlich bestätigt bekommen."

„Genau, hat er, unser Werner“, bestätigte Tobi.

So langsam dämmerte es Herrn Schweitzer. Der Nackte Jörg und der Nackte Werner waren ein und dieselbe Person. Nur dass der Jörg sich hier Werner nannte. Aber warum? Wozu sollte das gut sein? Hatte der Nackte Jörg etwas verbrochen und war hier untergetaucht? Kann ein nackter Mann überhaupt, wenn auch unter falschem Namen, irgendwo inkognito sein? Aber nein, sagte er sich, Jupp hat ja gesagt, dass er eine Wohnung habe und nur gelegentlich hier sei. Und diese Wohnung, so viel war ihm und den meisten Sachsenhäusern bekannt, lag in einem der Hochhäuser oben in der Mailänder Straße gegenüber des Südfriedhofs. So weit, so gut. Aber warum diese mysteriöse Identität? Er grübelte und grübelte, kam aber nicht dahinter.

Und während Herr Schweitzer so grübelte und grübelte, wurde er von Jupp unterbrochen: „Du siehst schlecht aus. Vielleicht solltest du dich mal ein wenig mit Kosmetik herrichten.“

Tobi lachte sich ins Fäustchen.

Das brachte ihn in die Realität zurück. Herr Schweitzer erinnerte sich wieder an den eigentlichen Grund seines Herkommens. „Kinners, ich ziehe heute aus. Hab eine Wohnung, vom Sozialamt. Hol nur noch schnell meine Sachen. Ich fahre mit meinem Auto zum Bauwagen, dann geht's schneller.“

„Schade“, sagte Jupp. „Du hast gut hierher gepasst.“

Das sah Herr Schweitzer völlig konträr. Wenn er irgendwo definitiv nicht hinpasste, dann war es dieser merkwürdige Ort hier, auch wenn er Jupp und Tobi auf eine ihm nicht erklärbare Weise ein bisschen ins Herz geschlossen hatte.

Einen Moment lang sah es so aus, als sei die Sache damit erledigt. Aber nein, es war noch nicht vorbei. Der Nackte Jörg, der die ganze Zeit mit der Seite zu ihm auf einem Stuhl gesessen hatte, drehte sich plötzlich um. Und: erkannte ihn. „Hallo, hallo, Simon. Wie geht's dir?"

„Hallo ... äh, Werner." Herr Schweitzer hatte gerade noch rechtzeitig die Kurve gekriegt, bevor er noch mehr Verwirrung stiftete.

Doch auch so war sie noch groß genug. Jupp: „Ihr kennt euch? Ich dachte, du ..."

Herrn Schweitzer reichte es. Er musste zusehen, dass er allmählich Land gewann. „Wir? Uns? Ich den Jörg-Werner? Nein. Ja. Von früher. Lange her. Ganz lang", erklärte er in einer bemerkenswert bestechenden Logik. Schnell humpelte er zu seinem Twingo. Er schrie auf, als ihn sein kaputter Fuß beim Gasgeben peinigte.

–

Fix räumte er den Bauwagen leer. Die Rohkonstruktion des Hängemattenbeistelltischs fand auf der Rückbank Platz. Es wurde Zeit zu verschwinden, bevor er hier noch eingemeindet wurde. Gerade wollte Herr Schweitzer losfahren, als sich Ina und Blümchen näherten und ihm zuwinkten. Er befand sich in einer moralischen Zwickmühle. Hatte es eilig und wollte doch seine gute Kinderstube nicht ignorieren.

Ergo wählte er den goldenen Mittelweg, kurbelte die Scheibe auf Halbmast und verringerte ein bisschen die Geschwindigkeit. „Tut mit leid, bin spät dran. Was gibt's?"

Ina strahlte übers ganze Gesicht, als sie mit sich euphorisch überschlagender Stimme sprach: „Hier, Simon. Unsere erste CD." Sie steckte ihm ein kleines quadratisches, in einer Klarsichthülle steckendes Teil durchs Seitenfenster. „Ist heute Morgen fertig geworden. Direkt aus dem Tonstudio. Und alle

Autogramme von uns sind drauf. Auch die von Ratte und Bär."

Blümchen stand mit stolzgeschwellter Brust daneben. „Ja, Simon. Hör sie dir mal an. Wird garantiert ein Renner. Vielleicht nicht in Offenbach, aber ansonsten ..."

Herr Schweitzer dankte, ohne anzuhalten. „Danke, mach ich. Bis demnächst. Tschüss." Ohne einen Blick darauf zu werfen, verstaute er die CD in der Seitenablage. Blümchens kryptische Bemerkung über Offenbach hatte er bereits vergessen. An der Pforte hupte er kurz und hob die Hand zum Abschied. Jupp und Tobi erwiderten den Gruß.

Das war also Herrn Schweitzers goldener Mittelweg gewesen. Der sah normalerweise ganz anders aus. Zum Beispiel, wenn er mit dem Putzdienst dran war, den er sich mit seiner Mitbewohnerin Laura teilte: Bad und Küche waren an der Reihe, was natürlich eindeutig zu viel auf einmal war. Also musste der goldene Mittelweg herhalten. Und der besagte, ich, Simon Schweitzer, notiere mir heute, dass bis spätestens Freitag, vielleicht auch Sonntag, eins von beiden – sagen wir mal: Bad – einer dringenden Grundreinigung bedürfe; die Küche konnte bis nächste Woche warten. Verschiebt sich allerdings Ersteres aus irgendwelchen Gründen (meist waren es fadenscheinige) um einige Tage, dann ist ja wohl auch klar, dass sich Zweiteres, nämlich die Küche, im Zeitplan exakt um mindestens diese Anzahl von Tagen ebenfalls nach hinten verschob. Der goldene Mittelweg besagte also: Bevor gar nichts geschah, würde es immerhin irgendwann geschehen. Doch meist waren es Frauen, die mit einer solch stringent luziden Putzordnung wenig anzufangen wussten. Möglicherweise fehlten ihnen wichtige Gene.

FINALE GRANDE

Samstag, 15:07 Uhr

Eine Uhrzeit, zu der Herr Schweitzer, devoter Sklave des Mittagsschlafs, selten unterwegs war. Und wenn, dann höchstens beruflich. So wie jetzt.

Kurz vor der Auffahrt zur A5, die die westlichen Stadtteile Griesheim und Gutleutviertel voneinander trennte, wendete er und ließ seinen Twingo auf einen Parkplatz rollen. Er zog die Handbremse an und stieg aus. Dass er seinen Wagen in Fahrt- und Fluchtrichtung Innenstadt geparkt hatte, war eine reine Vorsichtsmaßnahme. Er glaubte nicht, dass sie notwendig sein würde.

Er bog nicht gleich auf das Gelände ein, sondern schlenderte erst einmal daran vorüber, um zu schauen, ob dort jemand war oder ein Auto stand. Die werden die Gemälde wohl kaum mit dem Fahrrad transportieren. Die Luft war rein, er war allein auf weiter Flur.

Schnurstracks ging er zur Rückseite. Zuerst betrachtete er das nach oben gebogene Gitter, dann seinen Bauch. Wird eng, dachte er. Mit aller Kraft stemmte er sich gegen das Gitter, um noch ein paar Zentimeter herauszuholen. Das war sehr mühselig und anstrengend, denn er konnte sich ja nur mit dem linken Fuß abstützen, um Druck auszuüben.

Als wirklich nichts mehr half, versuchte er es. Und es war in der Tat so knapp, wie er befürchtet hatte. Ich muss dringend abnehmen, überlegte er nicht zum ersten Mal in seinem Leben. An einem rostigen Nagel verletzte er sich. Zum Glück nur oberflächlich. Nicht einmal Blut drang aus dem Kratzer an seinem linken Unterarm.

Kopfüber strampelte er sich nach innen. Das sah sehr lustig aus. Der Betonboden war voller Dreck und Staub, aber was tut man nicht alles für Kunst und Ehre. Dann stand Herr Schweitzer und rieb sich die Hände. Nur langsam gewöhnten sich seine Augen an das diffuse Licht.

Er sah sich um. An der Wand neben dem Fenster, durch das er eingestiegen war, waren Paletten gestapelt, über und über mit Spinnweben benetzt. Daneben ein kleiner Wagenanhänger aus Leichtmetall mit platten Reifen. Die Rücklichter waren zersplittert und Drähte hingen lose heraus. In der Mitte der Halle befanden sich zwei etwa vier Meter hohe Reihen leerer Metallregale. Vereinzelt standen ein paar angerostete Gitterboxen herum. Die Aufschrift Deutsche Bundesbahn war noch deutlich zu erkennen. Mit einem Filzstift hatte jemand FRA auf die angeklebten, mittlerweile vergilbten Zettel geschrieben. FRA für Frankfurt. Außerdem noch ein paar Abkürzungen mit weißer Kreide.

Systematisch durchquerte er die völlig verdreckte Halle. Doch keine Spur von den Gemälden. Bin ich zu spät, fragte sich Herr Schweitzer. Waren die schon da und haben alles abgeholt? War vielleicht der ganze Fall schon abgeschlossen und Gemälde sowie Lösegeld bereits übergeben? War er wegen nix und wieder nix hier eingestiegen? Ein Jammer wäre das. Mist, ich hätte vorher vielleicht mal den Marlon anrufen sollen, bevor ich hier in blinden Aktionismus verfalle.

Ohne sich etwas dabei zu denken und nur um sicher zu gehen, ging Herr Schweitzer noch zu einer ausgehängten, an die Seitenwand gelehnte Holztür mit der Aufschrift Büro. Und siehe da: Eine Tür befand sich hinter der Tür. Ebenfalls aus Holz, diese. Das 00 war noch gut zu entziffern. Natürlich, dachte Herr Schweitzer und schlug sich gegen die Stirn. Irgendwo müssen die Arbeiter ja ihr Geschäft verrichtet haben. Er war jetzt ganz hibbelig. Mit beiden Händen umklammerte er die einstige Bürotür, die ihn noch von der Toilette trennte, wo er das Diebesgut vermutete. Klo und Büro – keine so weit entfernten Verwandten. In beiden wurde und wird viel Scheiße produziert.

Das dachte Herr Schweitzer und wollte gerade anheben, als er ein Geräusch hörte. Es kam von draußen und hörte sich verdammt nach Automotor an. Obwohl er von Autos mal so was von null Ahnung hatte, erkannte er den Benz-Diesel. Der Motor erstarb, seine Nackenhaare sträubten sich. Er dachte nicht: Das hat mir gerade noch gefehlt. Herr Schweitzer dachte: Wenn die mich hier erwischen, bin ich vielleicht tot.

Und genau das galt es, mit allen Mitteln zu verhindern. Denn wenn ich tot wäre, hätte dies natürlich Konsequenzen. Keine Maria mehr, keine putzige Pepsi, keinen Ebbelwoi, keine Grüne Soße, keinen Ruhm, weder als Held der Kunst noch als Hängemattenbeistelltischkonstrukteur, kein kuscheliges Bett und erst recht keinen Joint mit in Haschöl gebadetem Dope.

Noch nie hat man einen Menschen so schnell humpeln sehen. Fürwahr, ein groteskes Bild. Und dabei auch noch leise. Katzengleich – ein verwöhnter Sofa-Kater mit Hang zur Schokolade? – zwängte er sich zwischen Anhänger und Wand und legte sich flach auf den Boden. Kaskaden von Schweiß quollen aus seiner Kopfhaut. Herr Schweitzer hielt den Atem an.

All das war zeitlich nur möglich, weil sich das große Rolltor nach den vielen Jahren der Arbeitslosigkeit nur noch ganz schwer öffnen ließ. Bis zu seinem Versteck konnte er das Stöhnen der Männer hören. Durch die Metallregale hindurch konnte er ihre Füße sehen.

Rückwärts stieß das Heck des Mercedes in die Halle. Auspuffgase zerstoben im Inneren. Der Kofferraum wurde geöffnet. Das Tor wieder geschlossen.

Nun, da auch der Lärm der nahen Autobahn außen vor war, konnte Herr Schweitzer ihre Stimmen hören. Allerdings war der Inhalt des Gesagten nicht dazu angetan, eine Lokalrunde zu schmeißen, geschweige denn himmelhoch jauchzend aufs Siegerpodest zu klettern.

„Du, guck mal, da hinten. Das Fenster steht auf. Das war das letzte Mal noch nicht so, wenn ich mich nicht täusche. Geh doch mal kontrollieren."

Spätestens jetzt hörte der Spaß auf. Noch mehr Schweiß generierte sich. Herr Schweitzer winkelte die Beine an und krümmte sich. Als würde es von irgendeinem Nutzen sein, strich er sich die Haare ins Gesicht, als wäre er damit unsichtbar. Dann betete er zu allem, was ihm heilig war. Maria, Pepsi, Ebbelwoi-Gott ... ach, das hatten wir ja schon.

Die Schritte näherten sich. Sein Herz zog sich zusammen. Durch die Haarsträhnen konnte er Turnschuhe und nackte Beine sehen. Auf dem rechten prangte ein chinesisches Tattoo. Trotz der riesigen Bredouille, in der Herr Schweitzer steckte, erblickte ein böser Gedanke das Licht der Welt. Er übersetzte das Tattoo mit: *Ich, Drecksack von finsterem Charakter und Auswurf der Hölle, geboren in der Morgenröte von einer nichtsnutzigen, greisenhaften Hübschlerin, gezeugt von einem krummbeinigen, pockennarbigen Gnom, dessen Schwanz so unsichtbar war wie der Rumpf eines halben Schmetterlings in der tiefsten Nacht des Jahres der Ratte.*

Diese Übersetzung mochte vielleicht etwas ungerecht sein, doch muss man sie von Herrn Schweitzers Warte aus betrachten. So, wie er mit dem Handicap seines vermaledeiten Knöchels da lag, hätte er nicht mal um sein Leben kämpfen können.

„Hier sind Spuren auf dem Boden. Es war jemand da."

Aus und vorbei, dachte er final. Geschichte wird aus vielen kleinen Geschichten gemacht, und meine kleine ist hier zu Ende.

Was Herr Schweitzer in seiner Todesangst natürlich nicht mitbekommen hatte, nicht mitbekommen konnte, war, dass der andere mittlerweile die Bürotür beiseite gehoben und die Toilettentür geöffnet hatte.

„Entwarnung, Benny. Alles hier."

„Ich komme."

Puh.

Nochmal Puh, als der Auswurf der Hölle weit genug weg war. Das war verdammt eng. Er hatte noch mal Glück gehabt. Manchmal sind die Wege des Herrn echt unergründlich. Unklar, wen er gerade begünstigte und wer auf der Abschussliste stand. Der Glückspilz atmete tief durch. Natürlich, wusste Herr Schweitzer, war die Gefahr noch nicht vollends ausgestanden. Er lag in Seitenlage. Sein rechtes Bein drohte einzuschlafen. Mit größter Vorsicht drehte er es in eine andere Position.

Die Ganoven waren in der Toilette zu Gange. Nur vereinzelte Wortfetzen drangen an sein Ohr. „Beeilung", „Krestenporki", „Joey", „Fälschung".

Krestenporki? Herr Schweitzer dachte nach. Er hatte das Wort noch nie gehört. Ausländisch? Armenisch? Ein ostfriesischer Dialekt? Ostasiatisch kam jedenfalls nicht in Betracht, die konnten keine Rs aussprechen. Obelliedelbach und Untelliedelbach – so klang bei denen Oberliederbach und Unterliederbach.

Er war zur Untätigkeit verdammt. Ausbüxen wäre absurd gewesen. Nicht mit seinem Knöchel. So absurd, als würde ein Selbstmordattentäter nach getaner Arbeit mit seinen Freunden feiern wollen. Doch die Alternativen waren nicht gerade breit gefächert. Horche und gucke – mehr als diese Sachsenhäuser Maxime blieb ihm nicht. Also konzentrierte er sich auf sie.

Horche war gerade auf Eis gelegt, denn wortlos beluden die Ganoven das Auto. Und Gucke, na ja, momentan auch nicht gerade das Gelbe vom Ei: das diffuse Licht, die Entfernung, sein miserabler Beobachtungsposten.

Er hörte den Kofferraumdeckel knallen. Dann wurde das Tor wieder geöffnet und der Motor gestartet. Sie brausten davon, ohne dass Tor wieder zu schließen.

Wenigstens das Nummernschild, dachte Herr Schweitzer und schälte sich aus seinem Versteck. Seinen Humpelrekord von vorhin konnte er aber kein weiteres Mal brechen. Mit knallrotem Kopf erreichte er die Vorderfront. Dort sah er noch die Bremslichter. Doch viel zu klein das Nummernschild. Der erste Buchstabe, vielleicht ein F. Könnte aber auch ein E sein. Als die Gutleutstraße frei war, bogen sie nach rechts. Weg waren sie. Immerhin hatte er die Farbe. Weiß. Ein weißer Mercedes – so selten wie Lügen in eines Politikers Worten.

Herr Schweitzer lehnte sich an die Mauer. Er fühlte sich, als habe er sein Haltbarkeitsdatum unweigerlich überschritten. Er könnte jetzt Marlon anrufen. Er konnte es aber auch sein lassen. Wozu auch? Um sein Versagen einzugestehen?

Dann tapste er zu seinem Twingo und öffnete Beifahrertür als auch Handschuhfach.

Er bröselte exakt die Menge auf den Tabak, von der er glaubte, dass sie ihn nicht gleich umhauen würde. Ich bin ein Trottel, jedes Dorf hat seinen Trottel, nur in Offenbach hat's keinen, der keiner ist. Herr Schweitzer kicherte ob seines Gedankengangs, war also wieder besserer Dinge.

Als die Wirkung des Joints einsetzte, ließen die Schmerzen nach. Und nicht nur das. Der Morast in seinem Inneren verflüchtigte sich. Klare Gedanken gewannen die Oberhand. Er versetzte sich in die Lage der Gauner. Sie hatten sich sicher gefühlt. Vielleicht zu sicher. Möglicherweise hatten sie Spuren hinterlassen, weil sie dachten, die Kripo würde nie im Leben auch nur einen Fuß in diese Werkshalle setzen. Eine achtlos weggeworfene Zigarettenschachtel mit deutlichen Fingerabdrücken darauf? Im Staub der Abdruck einer höchst seltenen Schuhmarke, anhand der man den Käufer identifizieren konnte? Allein, Herr Schweitzer mochte nicht so recht daran glauben. Nichtsdestotrotz stapfte er drauflos.

Zu seiner großen Verwunderung hatten sie die Toilettentür wieder abgeschlossen. Hä? Was sollte das? Außerdem war das Schloss neu. Sah aus, wie gerade erst eingebaut.

Doch Herr Schweitzer wäre nicht Herr Schweitzer, wenn er sich dadurch in irgendeiner Form hätte beeindrucken lassen.

Kurz darauf hatte er den Twingo in die Halle gefahren und dem Kofferraum Schraubenschlüssel und Radkreuz entnommen. Der Schraubenschlüssel war am oberen Ende des Griffs abgeflacht, so rutschte er nur selten ab. Allerdings wies das Radkreuz einiges an Gewicht auf. Mehr als fünf Schläge hintereinander waren nicht machbar. Obendrein verstrich die Zeit wegen des Tetrahydrocannabinols eher zäh.

Schon nach fünf Minuten des Vor-sich-hin-Werkelns verlor Herr Schweitzer die Nerven. Ihm war, als lache der Zylinder ihn höhnisch aus. Er räumte ein wenig Unrat beiseite und fuhr mit dem Twingo rückwärts an die Toilettentür. Geschickt verknotete er das Abschleppseil mit der Klinke. Am Arsch die Ella, dachte er, dir werd ich's geben. Herr Schweitzer geriet in Schwung. Mit einem selbstgefälligen Grinsen bestieg er sein Auto und gab Gas.

Schon der erste Versuch saß. Die Tür gab krachend nach. Aha, dachte er, als er sein gelungenes Werk betrachtete. Wer ist hier der Chef? Du, Tür, oder ich, der Raffinierteste unter den Raffinierten? Ich natürlich. Wer sonst?

Er brauchte nicht zu suchen. An der Wand neben dem Waschbecken stand ein größeres, schmales, sorgfältig verpacktes quadratisches Päckchen. Ein Zettel hing daran. *Hallo Joey, Danke* war darauf zu lesen. Herr Schweitzer konnte damit nichts anfangen. Er kannte keinen Joey. Das Päckchen aber hatte die Form eines Gemäldes.

Natürlich war er völlig von den Socken. Alles hatte er erwartet, aber das hier mitnichten. Hatten sie ein Bild vergessen? Quatsch, so blöd konnte kein Mensch sein. Außerdem sprach der Zettel eine ganz andere Sprache.

Hastig holte er den Schraubendreher. Dann hielt er inne. Wenn sich dort drinnen tatsächlich ein Drittel des Diebesgutes befand, dann hatte er es hier mit einem unermesslichen Wert zu tun, den es auf keinen Fall zu mildern galt. So ein Schraubendreher war doch eher ein Werkzeug für Grobmotoriker. Er überlegte. Eine Schere, eine kleine Rasierklinge? Hatte er so etwas im Kofferraum?

Er ging nachsehen, aber nichts Dergleichen war aufzutreiben. Er überlegte weiter und pendelte dabei zwischen Kofferraum und Abort. Schließlich kramte er seinen Schlüsselbund hervor. Der für den Briefkasten schien ihm geeignet. Vorsichtig und gefühlvoll wie ein Chirurg setzte er ihn am Klebeband an und ritzte eine Furche hinein. Das dauerte. Sie hatten ganze Arbeit geleistet. So, wie das Gemälde verpackt war, hätte es unbeschadet auf einem Pferderücken drei Mal den Erdball umrunden können.

Steter Tropfen höhlt den Stein. Nach diesem Motto gelangte er schlussendlich an sein Ziel. Herr Schweitzer hielt einen Zipfel zwischen den Fingern. Und dann ging alles ganz einfach. Es war wie Weihnachten. Nur dass ein Holbein eher selten unter dem Christbaum lag. Nicht einmal bei den Reichen dieser Welt. Herrn Schweitzer durchfuhr ein Kribbeln. Ein Kribbeln in der Art wie beim ersten Sex.

Sein erster Impuls war, sofort seine Maria anzurufen – nicht des erotischen Kribbelns wegen, nein, wegen des Holbein natürlich. Danach Marlon. Er hatte das Handy schon in der Hand. Da kam ihm eine Idee: Um wie viel spektakulärer wäre es, wenn nach der Lösegeldübergabe, bei denen naturgemäß nur zwei der drei Bilder übergeben werden konnten, er höchst heldenhaft mit dem noch fehlenden Gemälde aufwarten konnte, nachdem er sie alle ein wenig hatte zappeln lassen. *Sachsenhäuser Detektiv rettet Holbein,* sah er schon die Presse titeln.

Einer wie Herr Schweitzer hatte natürlich stets eine Kolter im Kofferraum. Für ein Picknick oder ein Nickerchen im Freien. Fein säuberlich ummantelte er damit das Gemälde, drapierte es auf dem Rücksitz und fuhr los.

Als er an der Ampel am Baseler Platz stand, hielt neben ihm ein Geldtransporter. Wer hat wohl die wertvollere Fracht geladen, fragte er stumm den Beifahrer, ihr in eurem Panzer oder ich in meinem Kleinwagen?

Samstag, 18:58 Uhr

Joey.

Joey also.

Joey, der den Coup eingefädelt hatte, und nun sehnlichst darauf wartete, dass er endlich loslegen konnte. Seit bald zwanzig Jahren war er groß im Geschäft, hatte seine Hände fast überall im Spiel, wo es was zu verdienen gab, ohne sich besagte Hände allzu dreckig zu machen. Er war eine große Nummer in der Szene. Legal, illegal, scheißegal, Hauptsache die Kohle stimmte. Prostitution, Glücksspiel, Drogenhandel, Zigarettenschmuggel, Geldwäsche und Börse – das waren die anrüchigen Sachgebiete, auf denen er sich schon erfolgreich getummelt hatte. Und mit seiner Maxime des geringsten Risikos war er immer gut gefahren. Nicht das Geld war das Entscheidende, das Risiko war's, worauf es ankam. Das hatten seine Kollegen der Zunft nie kapiert. Deswegen saßen sie auch des Öfteren hinter Schwedischen Gardinen, während er es noch nie mit der Justiz zu tun bekommen hatte. Nun, fast nie. Einmal hatte sie ihn tatsächlich verdächtigt gehabt. Ganz kurz nur und zu recht, aber das war lange her. Lieber ein paar sichere Tausender mit polnischen Zigaretten ohne Steuerbanderole als ein Banküberfall, bei dem Millionen winkten, das Risiko aber unüberschaubar war.

Joey, groß gewachsen, dunkler Strubbelkopf, durchtrainiert, stand in Jeans und mintgrünem Seidenhemd in seinem Penthouse im Frankfurter Westhafen, der früher als sogenannter Winterhafen die Schiffe vor Eisgang schützte und heute eine gepflegte Wohngegend ist. Sein Blick glitt über den Main mit seinen Frachtschiffen und Ausflugsdampfern. Er hatte seine Hausaufgaben gemacht. Noch heute Nacht sollte es nach Andorra zum Conte gehen. Im Gepäck der Holbein. Eine Million war diesem seltsamen Conte die Sache wert.

Doch vorher musste die Nachricht der erfolgreichen Wiederbeschaffung der geklauten Gemälde im Radio verkündet werden. Oder im Polizeifunk. Dann erst würde er sich in seinen Wagen setzen und Richtung Andorra düsen. Es war eine reine Sicherheitsmaßnahme, typisch für ihn. So, wie er Konstantinos Tziolis auch angewiesen hatte, die Gemälde getrennt zu verstecken. Gedacht nur für den Fall der Fälle, dass. Denn was da noch so alles passieren konnte. Eine überraschende Fahrzeugkontrolle auf dem Weg dorthin, zum Beispiel. Ein kunstverständiger Polizeibeamter, der von dem Kunstraub wusste und einen Holbein erkannte. So aber, nach der Nachricht über die Wiederbeschaffung, würde der Holbein lediglich eine Fälschung sein. Wenn auch eine vermeintliche, aber das wusste ja fast niemand.

Joey war mächtig stolz auf sich. Zur Sicherheit überprüfte er das Gerät mit dem Polizeifunk zum x-ten Mal an diesem Tag.

Was mit Konsti und Benny passierte, war nicht wichtig. Das waren nur Randfiguren. Trotzdem drückte er ihnen die Daumen.

Um Mitternacht würde die Übergabe stattfinden. Joey rechnete frühestens um zwei mit einer positiven Nachricht. Erst dann würde er sich zur Werkshalle in der Gutleutstraße begeben, um den Holbein zu holen. Und ebenfalls zum x-ten Mal an diesem Tag überprüfte er seinen Schlüsselbund. Tausend Euro hatte er von seinen Spargroschen in das neue Schloss investiert. Sicher ist sicher. Null Risiko, maximaler Output.

Joey sah auf seine Rolex.

Samstag, 19:01 Uhr

Herr Schweitzer hatte den Holbein im Keller verstaut. Ihn im Twingo zu lassen, wäre ja auch ziemlich blöd gewesen. Nicht in Frankfurt, wo täglich annähernd so viele Autoaufbrüche zu verzeichnen waren wie Bembel geleert wurden.

In seiner Wohnung angekommen, wurde er stürmisch von seiner Mitbewohnerin Laura begrüßt: „Hallo Simon, wo hast du denn die ganze Zeit gesteckt?“

Stimmt, erkannte er, ich war schon länger nicht mehr hier. Campingplatz, Maria. Doch Herrn Schweitzer war nicht nach einem längeren Plausch zumute. Er hatte viel nachzudenken.

Nach seinem Alleingang fehlten ihm Informationen. Mit Genugtuung betrachtete er Laura. Sie war dermaßen schick angezogen, dass nur eins in Betracht kam: Männerfang. Ein Hobby von ihr, wenngleich ein desaströses. Schon seit Jahren schlitterte Laura von einer Pleite in die nächste. Sie hatte ein ausgesprochenes Händchen für die größten Luschen der Stadt.

„Bei Maria", antwortete er nicht ganz ehrlich, „du weißt doch, im Sommer, sie hat einfach den schönsten Garten weit und breit."

„Klar, Simon. Ich muss." Laura schulterte ihre Handtasche und warf noch einen Blick in den Spiegel. „Bleibst du über Nacht?"

„Gute Frage."

„Egal. Wir sehen uns. Mach's gut."

Herr Schweitzer schaute auf die sich schließende Tür und schüttelte den Kopf. Laura, Laura, was man mit dir so alles mitmacht.

Dann ging er in die Küche Kaffee aufbrühen. Den würde er jetzt brauchen, er war ja seines heiligen Mittagsschlafs beraubt. Und geschlafen hatte er sowieso nicht viel die letzte Zeit.

Nach der zweiten Tasse war Herrn Schweitzers Wohlergehen insofern wieder hergestellt, als dass ihm zum einen nicht gleich die Augen zufielen und zum anderen sein Denkapparat nun etwas leistungsfähiger war. Aber es half alles nichts, er brauchte Informationen. Soll ich Marlon anrufen? Der hat bestimmt schlechte Laune, weil ihm ja die Gauner vorerst durch die Lappen gegangen waren. Und außerdem durfte Marlon auf gar keinen Fall dahinterkommen, dass er, Herr Schweitzer, auf eigene Faust gehandelt hatte. Wodurch zwar ein Gemälde wieder da, die anderen zwei aber weg waren. Hätte er mal nur Marlon oder die Bullen verständigt, *bevor* er sich zur Werkshalle begeben hatte. Hätte, hätte, hätte. Dafür war es jetzt zu spät. Dann vielleicht Maria. Wir könnten noch eine Kleinigkeit essen gehen und dann vielleicht ein bisschen fernsehen. Dabei könnte ich dann unauffällig einschlafen. Guter Plan.

Als Herr Schweitzer sein Handy ergriff, registrierte er einen eingegangenen Anruf auf seiner Mailbox. Huch, durchfuhr es ihn, wann soll denn das gewesen sein?

Er horchte. Auf die Worte Marlons. Dieser teilte ihm lapidar mit, dass alles schief gelaufen sei. Nachdem sich lange nichts getan hatte, hätten sie die Kleingartenanlage von vorne bis hinten durchkämmt. Mehrmals. Ohne Erfolg. Die Diebe seien über alle Berge. Auf und davon. Keine Extraprämie also. Wäre aber kein Beinbruch, er, Marlon habe schließlich stets mehrere Eisen im Feuer. Wenn er wolle, könne er, der Simon, sich seine Tagessätze am Montag bei ihm im Büro abholen. Die Lösegeldübergabe solle heute um Mitternacht stattfinden. Tschüss.

Herr Schweitzer lauschte der Stimme nach. Er hatte nicht den Eindruck, als sei Marlon sonderlich niedergeschlagen. Tja, dachte er, so ist das eben bei Profis. Niederlage, Sieg – egal, Lebbe geht weider.

Selten, dass Kaffee eher kontraproduktiv daherkommt. Herr Schweitzer aber gähnte. Nicht ein Mal, nicht zwei Mal. Viele Male.

Obschon er sich eigentlich besser hätte kennen müssen, begab er sich zwecks weiteren Nachdenkens und zur Verarbeitung des soeben von Marlon Erfahrenen in sein Zimmer. Dort setzte er sich auf sein Bett und blickte durchs Fenster auf die Frankfurter Skyline. Die Abendsonne spiegelte sich in den Türmen der Geldinstitute. Sehr pittoresk, das Ganze.

Zwei Minuten darauf war Herr Schweitzer dahintergekommen, dass es sich im Liegen besser denken ließ. Das stimmte auch. Zwei Minuten lang jedenfalls. Auch ohne Betthupferl-Joint entschleunigte er geschwind.

Bis hin zum Tiefschlaf.

Samstag, 23:59 Uhr

Konstantinos Tziolis hatte Mannsfeld mitgeteilt, dass die Übergabe auf dem Parkplatz vor dem Eintracht-Museum in der Haupttribüne des Waldstadions stattfände, er alleine kommen solle und ein für ein paar Kröten engagierter Drecksjunkie, so drückte er sich aus, das Geld entgegennehmen werde. Mannsfeld solle das Handy mitnehmen, weitere Anweisungen bekäme er vor Ort. Außerdem werde er das Geschehen mit einem Fernglas beobachten. Keine Dummheiten also. Und keine Bullen. Andernfalls werde er den Sprengstoff, den er dem Überbringer der Bilder in den Hosenbund gesteckt habe, aus der Ferne zünden. Er meine es ernst, das mit dem Blutbad, sollten sie versuchen ihn reinzulegen.

Die Sonderkommission Picasso war ob dieser Entwicklung natürlich wenig begeistert. Ein Zugriff während der Geldübergabe war nun natürlich ausgeschlossen. Menschenleben zu gefährden, verbot sich von selbst. Trotzdem standen mehrere Dutzend Beamte und etliche schnelle Fahrzeuge für eine mögliche Verfolgung bereit. Ein Peilsender war im Griff des präparierten Geldkoffers installiert.

Benny hatte eine blondierte Perücke auf. Hätte er noch die passende Kleidung dazu getragen, wäre er glatt als eine jener alten Damen durchgegangen, die mit einem Pudel auf dem

Schoß bei Tierärzten in Wartezimmern herumhockten. Er stand mitten auf dem beleuchteten Parkplatz.

Mannsfeld kam auf ihn zu. Das Handy hatte er am Ohr.

„Den Koffer abstellen", kam es aus dem Gerät.

Der Museumsdirektor gehorchte. „Wo sind die Gemälde? Ich sehe sie nicht."

„Glaubst du, ich bin blöd."

„Nein."

„Schön. Werfen Sie mal einen Blick auf das Fußballtor rechts von Ihnen. Am Pfosten stehen zwei davon."

Mannsfeld spähte ins Halbdunkel.

Benny schnappte sich den Koffer und entfernte sich langsam in die entgegengesetzte Richtung.

„Nun gehen Sie schon und überzeugen sich."

Mannsfeld tat, wie ihm geheißen.

Nachdem er, vor Glück fast außer sich, die Gemälde erkannt hatte: „Und wo ist der Picasso?"

„Bleiben Sie dort noch fünfzehn bis zwanzig Minuten stehen. Dann erfahren Sie's. Nicht vergessen, ich beobachte Sie."

„Okay."

Sie verteilten das Geld auf zwei Sporttaschen. Dann kletterten sie über den Zaun an der Wintersporthalle. Konsti ging alleine zu dem bereitstehenden, vorab bestellten Taxi, übergab dem Fahrer den leeren Geldkoffer, in dem er einen versteckten Peilsender vermutete, sowie einen Hundert-Euro-Schein. „Guten Abend. Bringen Sie den Koffer bitte zum Darmstädter Hauptbahnhof. Dort, am Taxistand, erwartet eine Frau Sabine Köhler schon sehnlichst ihren Laptop und ihre Unterlagen."

„Brauchen Sie eine Quittung?"

„Nein. Der Rest ist für Sie."

Das Taxi fuhr los.

Mit geschulterten Sporttaschen eilten sie zur S-Bahnstation

Gleisdreieck. Erst als sie die Bahn tatsächlich kommen sahen, sprach Konstantinos Tziolis die für Mannsfeld erlösenden Worte: „Okay. Gehen Sie jetzt zum anderen Tor. Dahinter ist ein kleiner Hügel. Dort steht ein Baum. Und hinter dem finden Sie Ihr Glück."

Dann schmiss Konsti das Handy im hohen Bogen ins Gebüsch.

Den Rest kann man sich denken. Mannsfeld war happy und die Jungs von der Sonderkommission Picasso machten große Augen, als sie am Darmstädter Hauptbahnhof so peu à peu registrierten, was Sache war.

Sonntag, 04:01 Uhr

Nachrichten. Joey war begeistert. Alles schien geklappt zu haben. Er schaltete das Radio aus. Fertig angezogen schloss er die Tür hinter sich.

Er stieg in seinen Mittelklassewagen und fuhr zur Werkshalle.

Dort traf ihn der Schlag. Tür aufgebrochen. Zerknülltes Verpackungsmaterial lag auf dem Boden zerstreut herum. Holbein weg.

Joey war nicht mehr begeistert.

Er wählte, völlig außer sich vor Wut, die Nummer von Konsti. Ausgeschaltet.

Sonntag, 08:44 Uhr

Ein neuer Tag im Land des Apfelweins. Herr Schweitzer tat das erste Äuglein auf. Es war taghell und die Skyline war noch da. Er lag angezogen auf dem Bett und roch ungewaschen. Und zwar so, dass es ihn selbst grauste. Dann fiel ihm der Holbein im Keller ein und zack, öffnete er auch das linke. Im Nu war er wach, humpelte in die Küche, setzte Kaffee auf und ging duschen.

Voyage, voyage, dudelte aus dem Radio, als der erste heiße Schluck seine trockene Kehle hinunterrann. Der Holbein. Was mache ich jetzt? Wie geht's weiter?

Dann kam ein Bericht über hessische Kommunalpolitik. Er wechselte den Sender. Dort kam gerade der Wetterbericht und der war einfach nur ein Traum. Das Hoch würde noch einige Tage anhalten. Diese Vorhersage war sehr nach Herrn Schweitzers Gusto. Bei ihm stand nämlich ein H für Himmlisch, ein T jedoch für Tödlich.

Und während Herr Schweitzer so vor sich hin brütete, wie die vertrackte Lage mit dem Holbein im Keller denn nun zu behandeln sei, brachte der Sender die neuesten Nachrichten. Er hörte nur mit halbem Ohr zu, zu sehr war er mit seinen eigenen Problemen beschäftigt.

„Erfolg ... Städel ... Gemälde wieder im Besitz von ...“ Diese Worte fanden Zugang zu seinem Unterbewusstsein. Er schenkte Kaffee nach und schmierte sich ein Brot.

„Gemälde wieder im Besitz von ...“, murmelte er vor sich hin, als schon längst wieder Musik gespielt wurde.

Was?

Hä?

Wie?

Sind die bekloppt?

Plötzlich war er wie elektrisiert. Hatte er da eben richtig gehört? Gemälde wieder im Besitz von? Das war doch unmöglich. Das geht doch gar nicht.

Mit kalkweißem Gesicht erhob er sich, ließ Kaffee Kaffee sein und flitzte in den Keller. Das Adrenalin hatte seinen kaputten Knöchel betäubt.

Herr Schweitzer knipste das Licht an. Der Keller roch modrig wie immer. Auch das Schloss sah aus wie immer. Durch Gerümpel kämpfte er sich in die hinterste Ecke. Dann sah er den Holbein, unschuldig, unversehrt.

Bin ich begriffsstutzig? Hab ich das alles nur geträumt? Habe ich mich verhört? Er stieß an seine Grenzen. Oder hatte er sie bereits überschritten? Die Grenzen der Logik, des gesunden Menschenverstands. Fast schon cholerisch schleppte er sich wieder hoch.

Der einzige Fernseher stand in Lauras Zimmer. Ihr Schlüsselbund mit dem lustigen Seehund hing nicht am Bord, also war sie auch nicht anwesend. Trotzdem klopfte Herr Schweitzer an ihrer Zimmertür. Keine Antwort.

Sieben lange Minuten zappte er ruhelos durch die Programme, bis er endlich fündig wurde. Gezeigt wurde das Städel. Davor ein etwas geschafft aussehender, aber über alle Backen strahlender Museumsdirektor Mannsfeld. Ob denn alle drei Gemälde auch unversehrt seien, wurde er gefragte. Mehrere Mikrophone verschiedener Sendeanstalten reckten sich seinem Lächeln entgegen.

Ja, soweit man das bis zum jetzigen Zeitpunkt habe feststellen können, seien alle drei in tadellosem Zustand.

Es folgten weitere Fragen, für die Herr Schweitzer kein Ohr mehr hatte. Wie in Trance mäanderte er in die Küche. Wahnsinn, dachte er, als er sich Kaffee einschenkte. Ich bin verrückt bei klarem Verstand. Der Holbein befindet sich im Städel. Der Holbein befindet sich bei mir im Keller. Im Städel. Im Keller. Im Städel. Im Keller. Im Städel. Im Keller.

Da helfen nur Drogen, konstatierte er. Doch dafür war es noch zu früh. Komm, Simon, einen Versuch haben wir noch.

Er ging ins Bad, drehte den Hahn auf und ließ das Becken volllaufen. Mehrmals tauchte er seinen Kopf ins kalte Wasser.

Auf dem Weg zurück stellte er sich erneut die Frage, wo sich der Holbein denn jetzt wirklich befände.

Und weil die Antwort noch immer hin- und herpendelte, gab Herr Schweitzer schließlich nach. Drogen! Und zwar von der Art, die einen direkt und ohne Anlaufzeit in eine Sphäre katapultierten, in der Engel fetzigen Rock auf der Harfe spielten, Weihnachtsmänner in roten Netzstrümpfen harte Drinks kredenzten, Dinosaurier Walzer tanzten und die Sieben Zwerge in Livreen gewandet in Honig marinierte, kross gebratene Rindersteaks servierten.

Sonntag, 10:37 Uhr

Auf einem hochherrschaftlichen Anwesen in einem fernen Land tobte der Schlossherr und gab ständig laute Flüche von sich, von denen sich nur sagen ließ: höchst unstandesgemäß.

Gerade hatte ihm sein Mittelsmann Joey mitgeteilt, dass der Holbein, der echte, gestohlen worden sei. Von wem, wisse er nicht. Aber er werde alles daran setzen, diesen verlausten Gemäldedieb ausfindig zu machen, so etwas gehöre sich einfach nicht. Und dann werde er diesem verlausten Gemäldedieb mal so richtig die Meinung geigen und die Eier absäbeln. Worauf er, der Conte, sich verlassen könne. Noch sei der Käse nicht gegessen, der Holbein tauche schon wieder auf, ganz bestimmt. Er, Joey, kümmere sich höchstpersönlich darum.

Sonntag, 10:38 Uhr

Kaffee und Dope hatten ihr Möglichstes dazu beigesteuert, aus Herrn Schweitzer wieder einen Menschen zu machen, der halbwegs geradeaus, oder auch um die Ecke, je nachdem, was gerade gefordert war, denken und analysieren konnte.

Der Knackpunkt, der sich ihm nur ganz, ganz zögerlich offenbart hatte, waren die fast fünf Wochen gewesen, die zwischen Diebstahl und Lösegeldübergabe vergangen waren.

Darüber hatte er nachgedacht und nachgedacht, sein Hirn bis zur Schmerzgrenze gemartert. Ein richtig plausibler Grund war aber nicht zu finden. Zumindest keiner, der ihn, der höchste Ansprüche an sich stellte, rundherum befriedigte.

Und dann war da noch der Zettel, der auf der Toilette in der Werkshalle an dem Holbein befestigt gewesen war: *Hallo Joey, Danke.*

Dieser Zettel und die scheinbar sinnlos vergeudete Zeit hatten zu einer, wenn auch nicht unbedingt meisterlichen Theorie seitens Herrn Schweitzer geführt: Er hatte eine Fälschung im Keller. Eine Fälschung, die in diesen knapp fünf

Wochen angefertigt worden sein musste. Jemand hatte das Original als Vorlage benutzt. Und dann Joey als Dank die Fälschung überlassen.

Herr Schweitzer sah aus dem Fenster. Als Dank wofür? Konnte man eine Fälschung denn nicht auch anhand von Fotos aus Bildbänden anfertigen? Hm, nun ja, dachte er, vielleicht waren dort die Pinselstriche nicht richtig zu erkennen. Er kannte sich in dieser Materie nicht aus. Wird schon so gewesen sein. Irgendjemand hatte den Holbein kopiert. Und der war jetzt bei ihm. Was sollte er damit? Ruhm und Ehre waren ja wohl passé.

Dann kam ihm plötzlich eine Idee. Herr Schweitzer lächelte.

Das Telefon klingelte. Es war seine Maria, die fragte, ob er sich noch an die Verabredung von heute Mittag erinnere.

„An was?"

„Hab ich mir's doch gedacht."

An was erinnern? Sonntagmorgens hatten sie höchst selten mal Termine. Ein Kirchgänger war er noch nie gewesen. Für Gesülze war kein Platz in seinem Leben.

„Na, heute ist doch Brunchen beim Mogk. Das hab ich dir aber gesagt, mein Schatz."

„Oh, natürlich. Du hast recht, Maria, wie immer. Wann fängt's an?"

„Die beginnen so um elf, aber zwölf reicht auch. Ich muss mich noch zurecht machen. Schön, dass der Beckmann wieder im Städel ist. Hast du das eingefädelt?"

„Och ... äh ... nur so ...", indirekt, wollte Herr Schweitzer anfügen, aber das wäre ja geschwindelt gewesen. Weder er noch Marlon hatten sich auch nur ein einziges Blatt vom Lorbeerkranz verdient. Außer Spesen nix gewesen, würde Marlon sagen.

„Okay, dann bis gleich, Simon."

„Ja, bis gleich."

Sonntag, 11:55 Uhr

Herr Schweitzer hatte die vermeintliche Fälschung zum Hängemattenbeistelltisch auf die Rückbank verfrachtet. Er lenkte den Twingo die Schweizer Straße runter, die nun des ausgebliebenen Erfolges wegen doch nicht in Simon-Schweitzer-Straße umbenannt werden musste.

Ein Parkplatz war schnell gefunden. Beim Aussteigen bemerkte er in der Seitenablage die CD, die er von den Punks geschenkt bekommen hatte. Er holte sie heraus, besah sich das Cover und musste herzlich lachen, weil:

Er nahm sie mit in die Kneipe, vielleicht würde sie Matthias, der Wirt, ja mal auflegen. Das Cover machte Lust auf mehr. Obendrein war das Mogk's auch eine Fußball-Kneipe, das heißt, die Bundesligapartien der Eintracht wurden hier live gezeigt. Und Sticheleien gegen Offenbach fielen naturgemäß auf fruchtbaren Boden. Den Holbein hatte er im Auto gelassen, der würde erst später zu seinem Auftritt kommen. Herrn Schweitzers Choreographie hatte noch Großes mit ihm vor.

Überschwänglich begrüßte er seine Maria. Küsschen, Küsschen. Und auch sonst war schon allerhand los. Im schattigen kleinen Vorgarten an der Gutzkowstraße waren etliche der typischen Ebbelwoi-Bänke besetzt, am Tresen saß die Truppe, die immer dort saß, und am Stammtisch, gleich rechts vom Eingang widmeten sich Karl-Heinz, Eddy, Monika, Ottche, Tante Linde, Onkel Jochen, Don und Rainer, mit denen Herr Schweitzer im letzten Jahr schon so manchen Schoppe gepetzt hatte, der Tafelfreuden. Unter ihnen auch einige so genannte Alt-68er, von denen man inzwischen mit Fug und Recht behaupten konnte, noch älter zu sein, als der Begriff suggerierte. Allgemein war man schon eifrig am Mampfen. Insbesondere der erst seit Kurzem den Markt erobernde Handkässalat mit Blutwurst hatte seine Fangemeinde.

Auf Marias Frage, warum er denn seinen Fuß so komisch nachziehe, hatte Herr Schweitzer lapidar, kurz und bündig, ganz Held eben, mit „knallharte Verfolgungsjagd, da fallen schon mal Späne, ist kaum der Rede wert“ geantwortet.

Als das Buffet leergefegt und jene, die tatsächlich nur des Brunches wegen vorbeigekommen, sich schon wieder auf die Socken gemacht hatten, und nur noch die anwesend waren, welche dem Handkässalat ein paar zusätzliche Schoppen und Schnäpse mit auf den Verdauungsweg zu geben gedachten, legte der Wirt Matthias die CD von Bildungsflaute Offenbach auf.

Keine zehn Minuten später grölte die komplette Kneipe den Refrain mit:

Groß die Armut und das Leiden,
ein Ort, den selbst die Ratten meiden.
Kaan Mensch will hier begrabe sein,
in diesem öden Kaff am Main.
Es gibt kei größer Ungemach,
als wenn de kimmst aus Offebach.

Okay, dachte Herr Schweitzer, ist ein bisschen hart, der Text. Aber so sind Punks nun mal: hart. Die Melodie summte er mit. Würde ihn nicht wundern, wenn in der nächsten Saison die Eintracht-Ultras den Text adaptierten.

Die Stimmung hatte den Siedepunkt erreicht, als der Ebbelwoi-Kellner Buddha Semmler und sein Kumpel Weizenwetter, angelockt vom Radau, auf ihrer außerplanmäßigen *Tour de Sachsenhausen* hereinschwankten.

Herr Schweitzer: „Hallo Buddha, Frühschoppe erfolgreich gewesen, wie man sieht."

Buddha Semmler: „Oh, oh, oh, da war heut aber auch wieder ne Unruhe im Bembel gewesen, oh, oh, oh, sag ich dir. Oh, oh."

Sonntag, 15:28 Uhr

Herr Schweitzer hatte sich bewusst dem Gelage nach dem Motto *Ein Bier macht noch keinen Kasten* ferngehalten. Seine Liebste hatte zwar nach den merkwürdigen (Hängemattenbeistelltisch) und geheimnisvollen (der mit einer Kolter ummantelte Holbein) Gerätschaften auf dem Rücksitz gefragt. Doch wurde dies vom Sachsenhäuser Gelegenheitsdetektiv mit dem Hinweis „Überraschung, Überraschung“ höflich, aber energisch abgetan.

Sie waren in Marias Bungalow angekommen, als Herr Schweitzer glücklich, nicht schon wieder einen seiner geliebten und für das persönliche Wohlbefinden unabdingbaren, wenn auch verspäteten – aber der Mann von heute ist ja flexibel – Mittagsschläfchen ins Wasser fallen lassen zu müssen, die Worte von sich gab: „So, jetzt aber ab in die Heia. Knoscho ist angesagt.“

Maria: „Knoscho? Hast du das aus dem Kamasutra oder ist das eine japanische Kampfsportart?“

„Eine japanische Kampfsportart. Soviel ich weiß, haben das schon die alten Samurai praktiziert.“

„Worin liegt der Kampf?“

„Erstens, sich nicht im Geringsten bewegen und sich knallhart auf sein inneres Zentrum zu konzentrieren.“

„Und zweitens?“

„Knochen schonen. Auch Knoscho genannt. Die haben's druff, die Japaner, gelle?“

Maria kannte ihren Liebsten gut genug, um zu wissen, dass Knoscho mal wieder ein Produkt seiner blühenden Fantasie war. „Du bist mir vielleicht einer.“

Herr Schweitzer: „Geh du schon mal vor ins Bett. Ich komme nach, wenn du so weit bist.“

Eine Minute später hatte er sich seiner Klamotten bis auf die Unterhose entledigt. Trotzdem konnte von Sexappeal keine Rede sein, nicht bei dieser Figur. Die Anfangstakte von Kubricks Odyssee im Weltraum trällernd erschien Herr Schweitzer im Türrahmen des Schlafgemachs. „Huhu, hier bin ich. Na, was für Instinkte wecke ich gerade in dir?“ Herr Schweitzer drehte sich Hüfte schwingend um die eigene Achse und versuchte einen erotischen Wimpernschlag.

Maria, nach einem taxierenden Blick: „Ach Gottchen! Hm? Mutterinstinkte?“

Nun gut, dachte Herr Schweitzer. Darauf war er irgendwie vorbereitet gewesen. Aber er hatte ja noch einen Trumpf im Ärmel. Er schnappte sich den Holbein, drehte die Vorderseite zu Maria, zog seinen Bauch ein und stolzierte ins Zimmer. „Hier, Liebling, ist für dich. Ich dachte, der macht sich ganz gut im Flur. Vielleicht neben dem Spiegel.“

„Der Holbein! Wie kommst du ...“

„Schon gut, keine Bange, ist bloß ne Kopie.“

„Zeig mal her. Woher hast du die?“

Herr Schweitzer, extrem lässig: „Ach, ist so ne Art Abfallprodukt von dem Fall.“

Maria nahm den Holbein entgegen, hielt die Oberfläche gegen das durchs Fenster einfallende Licht und begutachtete das Werk.

Nach einer Weile schüttelte sie anerkennend den Kopf und sagte: „Tolle Arbeit. Sieht aus wie echt.“

Einen Monat später

Benny war wieder aus dem Krankenhaus raus, in dem er gut vier Wochen wegen diverser Knochenbrüche gelegen hatte. Eingeliefert worden war er, nachdem Joey ihn zusammengeschlagen hatte. Aber Benny wusste wirklich nicht, wo der echte Holbein jetzt war.

Konstantinos Tziolis sollte am ersten Oktober die kleine Bar seines Onkels, der in den verdienten Ruhestand gehen wollte, übernehmen. Bis dahin widmete er sich zusammen mit seiner kroatischen Freundin dem Strandleben. Er war schon ganz braun von der Sonne.

Mrs. und Mr. Miller aus Kalifornien waren auf Europareise. Italien hatten sie aber gestrichen, weil sich Mr. Miller ohne seine Pistole diesem Volk von Taschendieben, wie er sich ausdrückte, hilflos ausgesetzt sah. Der Lonely Planet hatte für Frankfurt einen Besuch im Städel empfohlen. Sie standen vor dem Holbein. Mrs. Miller: „Oh look, darling. It's sooo wonderful."

Okay, für Mrs. und Mr. Miller hätte es auch ein Poster getan. Doch für alle anderen, die sich nicht mit einer Fälschung hätten abfinden lassen, wäre es schwer gewesen, das Original zu Gesicht zu bekommen. Und so lange kein Gutachter den Städel-Holbein mal so richtig unter die Lupe nahm, so lange würde es auch dabei bleiben.

Ende der achten Sachsenhäuser Kriminalepisode

Bonustrack:

Dieser Artikel wurde 2010 im Auftrag der Redaktion von Frank Demant für das Eintracht-Journal „Diva“ zum Schwerpunktthema Riederwald-Stadion geschrieben. Die Fußball-Fanabteilung lehnte ihn mit dem Hinweis ab, er habe nichts mit Fußball zu tun. Seitdem tritt Demant auch nicht mehr gegen Hämmer und bleibt von Knochenbrüchen verschont.

Weltrekord am Riederwald

Gleich drei Mal hatte sein Konkurrent Karl-Hans Riehm im Mai 1975 den Weltrekord im Hammerwerfen in die Höhe geschraubt und damit den alten des Russen Alexej Spiridonow um fast zwei Meter übertroffen. Und vier Jahre war es her, seit sich der Darmstädter Walter Schmidt das letzte und bis dato einzige Mal in die Chronik der Rekordwürfe hatte eintragen können.

Heutzutage heben sich Leichtathleten wegen der immensen Preisgelder ihre Weltrekordversuche für die internationalen Meetings auf, denn nur dort ist das große Geld zu verdienen, mit dem sie ihren Sport finanzieren. Doch vor 35 Jahren war die Welt noch eine andere. Preisgelder im fünfstelligen Euro- bzw. D-Mark-Bereich waren damals einfach nur illusorisch.

Ich hatte davon in der Presse gelesen, das Wetter war herrlich und so machte ich mich am 14. August 1975 mit dem Fahrrad auf den kurzen Weg von meinem Wohnort in Fechenheim an den Riederwald, um mir die angekündigten Stars der deutschen Hammerwurfelite mal aus der Nähe anzusehen. Fast schon familiär mutete die Wettkampfatmosphäre an, denn außer den Athleten, Betreuern, Presseleuten und Kampfrichtern waren nicht einmal zehn Neugierige gekommen. Die Tageszeitungen sprachen am nächsten Tag von 30

Zuschauern – da hatte man wohl die Schoppepetzer vom nahegelegenen Kiosk an der Straßenbahnhaltestelle mitgezählt.

Auch fand der Wettkampf nicht im Riederwald-Stadion statt, wovon ich natürlich ausgegangen war, sondern ganz bescheiden auf einem Nebenplatz an der Pestalozzi-Schule. Es war kurz nach 18 Uhr und sein zweiter Versuch, als es passierte. „Dem Hammer wuchsen Flügel – 79,30 Meter! Walter Schmidts Weltrekord im Frankfurter Riederwald-Stadion setzt völlig neue Maßstäbe", lautete tags darauf die Schlagzeile in der Frankfurter Neuen Presse. Karl-Hans Riehms Rekordweite aus demselben Jahr war damit um 80 Zentimeter übertroffen.

Ein Autogramm bitte ... Frank Demant und Walter Schmidt

Kein Mensch hatte damit gerechnet. Am wenigsten wohl die Kampfrichter, denn erst als sich der erste Jubel um den neuen Weltrekord gelegt hatte, wurde die Kugel gewogen. Und es stellte sich heraus, dass sie sogar 53 Gramm mehr wog als vom Verband vorgeschrieben.

Noch heute erinnere ich mich gerne an dieses Ereignis zurück, schließlich war ich einer der wenigen Zeitzeugen gewesen. Die Autogramme von Karl-Hans Riehm und Walter Schmidt besitze ich leider nicht mehr.

Aus der Simon-Schweitzer-Krimireihe bisher im Röschen-Verlag erschienen:

„Simon Schweitzer – immer horche, immer gugge"(2003)
„Geiseldrama in Dribbdebach"(2004)
„Tod im Ebbelwei-Expreß"(2005)
„Die Leiche am Eisernen Steg" (2006)
„Opium bei Frau Rauscher" (2007)
„Verschollen im Taunus" (2009)
„Das Geheimnis vom Kuhhirtenturm" (2010)
„Kunstraub im Städel" (2011)

Vom selben Autor:
„Tagesgeschäfte" (Erstausgabe 2002 in einem anderen Verlag, seit 2005 im Röschen-Verlag). Ein Frankfurter Wirtschaftskrimi, basierend auf einer wahren Begebenheit.

Röschen-Verlag

Autor: Frank Demant

ISBN-13: 978-3-9809915-0-6
Preis: 9,30 Euro / SFr. 17,70

Simon Schweitzer - immer horche, immer gugge

Eines Tages wird Simon Schweitzer, ohne daß er es merkt, mit einer Leiche konfrontiert. Und außerdem sind da noch die zwei bis dato ungeklärten Polizistenmorde an der Startbahn West und Maria von der Heide. Die mit der atemberaubenden Figur.

Autor: Frank Demant

ISBN-13: 978-3-9809915-1-3
Preis 9,30 Euro / SFr. 17,70

Simon Schweitzer - Geiseldrama in Dribbebach

Eines tristen Tages betritt Simon Schweitzer die Filiale der Teutonischen Staatsbank, um sich über deren widerlichen Gebührenpolitik zu beschweren. Doch dann gerät er unversehens in einen Überfall, der von Anfang an etwas seltsam anmutet und sich gar arg in die Länge zieht.

Autor: Frank Demant

ISBN-13. 978-3-9809915-2-0
Preis 9,30 Euro / SFr. 17,70

Simon Schweitzer - Tod im Ebbelwei-Expreß

Schurkische Kräfte aus Rußland und Italien versuchen, im Apfelweinland Sachsenhausen Fuß zu fassen. Doch haben sie nicht mit dem Widerstand der einheimischen Bevölkerung und dem Ebbelwei-Expreß gerechnet.

Röschen-Verlag

Autor: Frank Demant

ISBN-13: 978-3-9809915-4-4
Preis 9,45 Euro / SFr. 18,00

Simon Schweitzer - die Leiche am Eisernen Steg

Alles fängt ganz harmlos mit einer Leiche am Eisernen Steg an. Dann bekommt Laura Roth, seine Untermieterin, Besuch aus Berlin, und Herr Schweitzer wird in einen Fall verwickelt, dessen Wurzeln im Dritten Reich liegen.

Autor: Frank Demant

ISBN-13: 978-3-9809915-6-8
Preis 9,30 Euro / SFr. 17,70

Simon Schweitzer - Opium bei Frau Rauscher

Herr Schweitzer, Privatier aus Leidenschaft, lebt gerne in den Tag hinein. Die Nacht widmet er intensiv der Sachsenhäuser Kneipenszene. Um diese Ausschweifungen zu finanzieren, spielt er mit dem Gedanken, eine Detektei zu gründen.

Von einer Urlaubsbekanntschaft aus Laos erhält Herr Schweitzer seinen ersten Auftrag und wird versehentlich Zeuge eines Mordes aus Eifersucht. Doch je mehr Details die Frankfurter Kripo ans Tageslicht zerrt, desto weniger glaubt er an das, was er mit eigenen Augen gesehen hat.

Röschen-Verlag

Autor: Frank Demant
ISBN-13: 978-3-940908-03-2
Preis 9,45 Euro / SFr. 18,00

Verschollen im Taunus

In Unterwäsche erwacht Herr Schweitzer, seines Zeichens Detektiv und Privatier aus Leidenschaft, leicht verletzt in Nachbarschaft zu einem enthaupteten Bösewicht fern jedweder Zivilisation im Taunus. Ein kleiner temporärer Gedächtnisschwund erschwert die Ursachenforschung.

Derweil ist in Frankfurt die Hölle los. Ein russischer Milliardär würde sich gerne den hiesigen Fußball-Bundesligisten unter den Nagel reißen, was aber von einem aufmerksamen Sportjournalisten recht fix aufgedeckt wird.

Und irgendwie hat das eine mit dem anderen zu tun.

Autor: Frank Demant
ISBN-13: 978-3-940908-05-6
Preis 9,45 Euro / SFr 18,00

Das Geheimnis vom Kuhhirtenturm

Drei Morde binnen weniger Tage an vermeintlich unbescholtenen Bürgern reißen Frankfurts Kripo aus dem Sommerschlaf. Die Tatortspuren lassen auf unterschiedliche Täter schließen, was die Sache nicht unbedingt erleichtert.

Herr Schweitzer, seines Zeichens Privatier, leidenschaftlicher Kneipengänger, Faulpelz und Detektiv auf Gelegenheitsbasis, sagt notgedrungen seiner geliebten Hängematte Adieu und begibt sich auf Spurensuche und damit in Teufels Küche.

Röschen-Verlag

Autor: Frank Demant

ISBN-13: 978-3-9809915-3-7
Preis 10,00 Euro / SFr. 18,50

+++Tagesgeschäfte+++

Das vorliegende Buch beruht auf einer wahren Begebenheit, die sich im Umfeld des Autors zugetragen hat. Das couragierte Verhalten eines unbedeutenden Sachbearbeiters entwickelte sich zum wohl teuersten Mobbing-Fall in der Geschichte der Bundesrepublik Deutschland.

Es ist eine Hommage an all diejenigen, die trotz größter Repressalien den Blick für Recht und Unrecht nie aus den Augen verlieren.

Autor: Wolfgang Fienhold

ISBN-13: 978-3-940908-00-1
Preis 9,80 Euro / SFr. 20,30

Kaputt in Frankfurt

Harry 1968: Er ist jung, groß, wild, unglaublich attraktiv, dazu mit einem außergewöhnlichen IQ ausgestattet, ein Spieler, Genießer, Biertrinker, Frauenversteher – kurz: ein Liebling der Götter. Für ihn gelten nur seine Regeln; er will alles und das sofort, als da wären Geld, Gold, schnelle Autos, Frauen, Partys, Sex, Drugs und Rock'n'Roll. Sein Leben ist eine Achterbahnfahrt zwischen Kick und Absturz. Die Frauen reiht er auf wie Perlen auf einer Kette, da gibt es die edel schimmernden echten und auch die hässlichen Imitate. Insbesondere interessieren ihn Unregelmäßigkeiten – jedenfalls lässt er keine Dame auf der Bettkante schmoren.

Röschen-Verlag

Der Türmer

Frankfurt am Beginn des 20. Jahrhunderts. Feuerwehrmann Heinrich Niemann ist der neue Türmer im Kaiserdom. Eines Morgens findet er bei einem Rundgang die Leiche einer Frau.

Irgendjemand, mit viel Einfluss in der Stadt, will um jeden Preis verhindern, dass der Mord aufgeklärt wird.

Historischer Frankfurt-Roman von Meddi Müller, 220 Seiten, 10,50 Euro.

Der Frankfurter Laufkrimi

von Gerd Fischer

Angst und Entsetzen
im Frankfurter Niddatalpark.
Ein toter Läufer liegt
am Ufer der Nidda.
Andreas Rauscher,
Kommissar und Apfelweinliebhaber,
macht sich auf die Jagd nach dem Joggermörder.
Er taucht ein in die Welt
der Kilometerfresser, Bestzeiten und Endorphine.
Die heile Läuferwelt beginnt
zu bröckeln und
der Fall entwickelt sich
zu einem Wettrennen auf
Leben und Tod.

ISBN 978-3-98135710-3

mainbook main crime

Frankfurt-Krimis in Concert

MORD UND MUSIK

Frank Demant und Peter Ripper lesen aus ihren Kriminalromanen

Darf es etwas mehr sein? Wem eine Lesung alleine zu trocken erscheint, wer nicht ausschließlich auf Gänsehaut setzen möchte, der ist hier gut aufgehoben. Frank Demant und Peter Ripper lesen alleine, zu zweit oder auf Anfrage auch mit weiteren befreundeten Kollegen aus ihren Krimis.

Frank Demant

Dabei ist auf jeden Fall Andy Sommer, Gitarrist und Sänger einer der dienstältesten Rockbands des Rhein-Main-Gebiets. In den Pausen, vor und auf Wunsch auch nach den Lesungen sorgt er für Abwechslung vom mörderischen Geschehen.

Gelesen werden kann in Cafés und Kneipen, Bibliotheken, Buchhandlungen und auch Open Air. Oder eben, wo Sie es gerne hätten. Zu Konditionen, die sich wirklich jeder Veranstalter leisten kann. Informieren Sie sich bei uns.

Andy Sommer

Peter Ripper

Anfragen unter: frankdemant59@yahoo.de oder peter.ripper@t-online.de

Frankfurter Neue Presse: Die Nachfrage war so groß, dass die Krimifans teilweise bis auf den Gang hinaus standen ... knapp hundert Besucher ...

Offenbach Post: ... bescherten vor kurzem rund 80 Zuhörern eine spannende und abwechslungsreiche Open-Air-Lesung im Hof des Buchladens ...